共和国的历程

严阵以待

志愿军发起反登陆作战

周广双 编写

蓝天出版社 吉林出版集团有限责任公司

图书在版编目（CIP）数据

严阵以待：志愿军发起反登陆作战／周广双编写.
—北京：蓝天出版社，2014．1（2023.3重印）
（共和国的历程）
ISBN 978-7-5094-1098-1

Ⅰ．①严… Ⅱ．①周… Ⅲ．①革命故事－作品集－中国－当代 Ⅳ．
①I247．8

中国版本图书馆CIP数据核字（2013）第305469号

严阵以待——志愿军发起反登陆作战
编　　写：周广双
策　　划：金永吉　荆忠峰
责任编辑：祖　航　孔庆春
出版发行：蓝天出版社　吉林出版集团有限责任公司
地　　址：北京市复兴路14号
邮　　编：100843
电　　话：010—66983715
经　　销：全国新华书店
印　　刷：北京柏玉景印刷制品有限公司
开　　本：710mm×1000mm　1/16
字　　数：69千
印　　张：8
版　　次：2014年4月第1版
印　　次：2023年3月第3次
定　　价：29.80元

版权所有　翻印必究　如有印装质量问题，请寄本社退换

前　　言

　　中华人民共和国自1949年10月1日成立以来，已走过了六十多年的风雨历程。历史是一面镜子，我们可以从多视角、多侧面对其进行解读。然而有一点是可以肯定的，那就是，半个多世纪以来，在中国共产党的领导下，中国的政治、经济、军事、外交、文化、教育、科技、社会、民生等领域，都发生了深刻的变化，中国人民站起来了，中华民族已屹立于世界民族之林。

　　这段时间放到整个历史长河中是短暂的，有如弹指一挥间，但它带给中国的却是极不平凡的。六十多年里神州大地经历了沧桑巨变。从开国大典到60年国庆盛典，从经济战线上的三大战役到经济总量居世界前列，从对农业、手工业、资本主义工商业的三大改造到社会主义市场经济体制的基本确立，从宜将剩勇追穷寇到建立了强大的国防军，从废除一切不平等条约到独立自主的和平外交政策，从"双百"方针到体制改革后的文化事业欣欣向荣，从扫除文盲到实施科教兴国战略建设新型国家，从翻身解放到实现小康社会，凡此种种，中国人民在每个领域无不留下发展的足迹，写就不朽的诗篇。

　　六十几年在历史的长河中犹如沧海一粟，但对身处其间的个人却是并非无足轻重的。其间究竟发生了些什么，怎样发生的，过程怎样，结果如何，非人人都清楚知道的。对此，亲身经历者或可鲜活如昨，但对后来者却可能只是一个概念，对某段历史的记忆影像或不存在或是模糊的。基于此，为了让年轻人，特别是青少年永远铭记共和国这段不朽的历史，我们推出了这套《共和国的历程》。

《共和国的历程》虽为故事形式，但与戏说无关，我们是想借助通俗、富于感染力的文字记录这段历史。这套丛书汇集了在共和国历史上具有深刻影响的重大历史事件。在丛书的谋篇布局上，我们尽量选取各个时代具有代表性的或深具普遍意义的若干事件加以叙述，使其能反映共和国发展的全景和脉络。为了使题目的设置不至于因大而空，我们着眼于每一重大历史事件的缘起、过程、结局、时间、地点、人物等，抓住点滴和些许小事，力求通透。

历史是复杂的，事态的发展因素也是多方面的。由于叙述者的视角、文化构成不同，对事件的认知或有不足，但这不会影响我们对整个历史事件的判断和思考，至于它能否清晰地表达出我们编辑这套书的本意，那只能交给读者去评判了。

这套丛书可谓是一部书写红色记忆的读物，它对于了解共和国的历史、中国共产党的英明领导和中国人民的伟大实践都是不可或缺的。同时，这套丛书又是一套普及性读物，既针对重点阅读人群，也适宜在全民中推广。相信它必将在我国开展的全民阅读活动中发挥大的作用，成为装备中小学图书馆、农家书屋、社区书屋、机关及企事业单位职工图书室、连队图书室等的重点选择对象。

编　者
2014 年 1 月

一、 美国扩大战争的图谋

● 毛泽东、周恩来、朱德接见了从朝鲜回国汇报工作的志愿军代司令员兼代政治委员邓华。

● 毛泽东说："中国人民的决心就是只有同朝鲜人民一起，一直战斗下去。"

● 聂荣臻代总参谋长立即行动组织，召开会议，讨论具体方案。聂总长为了迅速拿出有效的具体方案，有时候连饭都顾不上吃。

毛泽东早有准备

1952 年，美国大选开始了，美国共和党候选人艾森豪威尔面对广大选民娓娓动听地讲道："新政府面临的首要任务之一就是要尽快地和体面地停止朝鲜战争……要完成这个工作，就需要亲自到朝鲜，我本人就愿意亲自去。只有这样，我才能够知道怎样为人民服务是最好的，究竟是进行战争还是实现和平。我一定要去朝鲜。"

这位"二战"时的美国名将，同时也是个出色的政治家，他准确地把握了美国民众要求结束战争的心理，从而为自己赢得了大量的选票。

美国自发动朝鲜战争起，已经蒙受巨大的物质损失和人员伤亡，但战争仍处于对峙状态。

美国民众厌战情绪越来越强，其欧洲盟国面对来自苏联的巨大压力，也都忧心忡忡。因此，此时"联合国军"家家有本难念的经，在联合作战方面开始各怀鬼胎。

此时的艾森豪威尔究竟怎么想的，战争要停下来，还是继续下去，美国民众想知道，其盟国在期待，中国和朝鲜也想搞清楚，这位新总统会不会履行自己参选时的诺言。

艾森豪威尔开始行动了。

在他上任不久，就飞往朝鲜半岛了，在那里，他视察了"联合国军"空军和地面部队，并召开了军事会议，那些战地指挥官们极力怂恿这位五星级上将出身的总统打一场全面战争。

南朝鲜的李承晚更是极力叫嚣要来一次全面进攻，把战火引向中国东北地区。

艾森豪威尔来朝鲜半岛"寻找体面地结束这场战争"的方法，却被这些战争言论引诱得怦然心动了。

后来，艾森豪威尔在回忆录中说："在我离开朝鲜时，我的结论是：我们不能永远停留在一条固定的线上，继续承受着看不到任何结果的伤亡。小山丘上的小规模进攻是不能结束这场战争的。"

在结束朝鲜半岛之旅前，这位新总统对记者说："我认为，不去冒扩大战争这一严重的风险，要想以积极而确定无疑的胜利来结束战斗是很困难的。然而，美国将把此事办好。"

回国之后，艾森豪威尔又采纳了杜勒斯提出的"三齿耙捕龙"策略来遏制中国，从而迫使中国在谈判桌上让步。

在杜勒斯提出的这三点措施中，甚至提出了以原子弹来威胁中国。

其实，早在抗美援朝刚开始时，当中国与美国交手后，宣布"除了教训一下中国外什么都不欠他"的杜鲁门总统，却不断听到被中国教训的消息，于是，他便放出要用原子弹威胁中国论。

美国扩大战争的图谋

对美国可能放原子弹的威胁，毛泽东早有心理准备。早在离朝鲜战争开战还有 50 天时，在中央人民政府第九次会议上，毛泽东就曾豪迈地说："你打原子弹，我打手榴弹。"

面对这次杜鲁门要放原子弹的叫嚣，毛泽东不理他，中央也没有开会讨论，外交部都没有对外发布只言片语的回应和抗议，根本不予理睬。这位很不客气地宣布要放原子弹的杜鲁门总统，只好把话收了回去。

现在杜勒斯旧话重提，也只能自讨没趣。

但是，美国军方对杜勒斯"三齿耙捕龙"策略并没有表现出太大兴趣，他们渴望采取更加直接有效的措施。

于是，在艾森豪威尔支持下，由"联合国军"总司令克拉克成立专门小组，制订出《8 – 52 作战计划》，妄图通过海陆空三军联合作战，把战线推进到元山至平壤一线。

此后，"联合国军"频繁进行登陆作战和空降作战演习，并派出大批特务潜入志愿军和朝鲜人民军后方刺探东、西海岸的情报。

对方的这一系列举动，毛泽东都洞若观火。

1952 年 12 月 9 日，毛泽东致电邓华：

> 应估计敌已决策在汉川江至清川江线登陆，并在积极准备中，我方必须火急准备对敌，粉碎其登陆计划。

12 月上旬，毛泽东、周恩来、朱德接见了从朝鲜回国汇报工作的志愿军代司令员兼代政治委员邓华。

11 日，毛泽东在邓华关于朝鲜战局形势与明年方针任务的报告上批示：

> 对方有可能以 5 至 7 个师在汉川鸭绿江线、通川元山线、镇南浦汉川线登陆，并在我后方空降。
>
> ……
>
> 时间应准备在春季，也可能更早些，我应十分加强地堡和坑道，部署 5 个军于这一线。其中要有 4 个有经验的军，划定防区，坚决阻敌登陆，不可有误。
>
> ……
>
> 决不许敌在西海岸登陆，尤其不能许其在汉川鸭绿江线登陆。

16 日，毛泽东致电斯大林。

毛泽东在电文中说：

> 朝鲜战局，由于停战谈判已告停顿，而美军在朝鲜的损失还没有达到它非罢手不可的程度，估计今后一定时期内（假定为一年），会趋

美国扩大战争的图谋

向于激烈化……

从朝鲜战场的军事行动作估计，敌人从正面向我较坚固的纵深工事施行攻击的可能性不如我后方两侧进行登陆作战的可能性大……

我如能坚守北朝鲜东、西海岸，使敌人的登陆计划失败，并以正面战线的技术出击作配合，给敌人以更多更大的杀伤，那么，朝鲜战局的发展就能更加稳定，而向着更加有利于我们的方向发展……

为预防敌人登陆和提早发动进攻，我军现正在进行各项准备工作，准备尽一切力量来赢得战争的胜利。为此，请求苏联政府能够满足我们 1953 年关于朝鲜作战的军事订货和关于兵工生产的贸易订货要求。

可见，毛泽东对美国军方的登陆计划是有着充分的准备的。

中国的严正立场

1953 年 1 月 20 日，新当选的美国总统艾森豪威尔正式上台。

2 月 2 日，他发表"国情咨文"，极力鼓吹其全球侵略政策，继续进行战争叫嚣，并妄图唆使台湾国民党军队进攻祖国大陆，以配合其在朝鲜进行军事冒险。

艾森豪威尔新政府的政策一出台，在美国国内及其盟军中立即引起一片哗然。

但是美国军方仍然一意孤行，要冒险玩火，扩大战争。

2 月 4 日，周恩来在政府工作报告中针对美国对中国的禁运政策，明确指出：

以美帝国主义者为首的各国对我国的"封锁"、"禁运"政策，却并未吓倒我们，因为真正受到侵害的并不是我们，恰好是那些屈从美帝国主义者的意志而对我国实行着封锁禁运的国家自己。

针对朝鲜问题，周恩来指出：

中国人民爱好和平，但是并不惧怕战争。如果美国新政府还有意于用和平方式结束朝鲜战争，那么，它就应该无条件地恢复板门店的谈判。朝中方面准备按照已经达成协议的朝鲜停战协定草案，立即先行停战，然后再由"和平解决朝鲜问题委员会"去解决战俘全部遣返问题。因为这样，既可以迅速满足有关战争各国人民及全世界人民对于立即停止现行战争的热望，又可为和平解决朝鲜问题及远东其他有关问题开辟道路。如果美国新政府仍然执行杜鲁门政府的政策，仍然无意于恢复板门店谈判而继续和扩大朝鲜战争，那么，朝中人民在这方面也将继续斗争下去，并且是有了充分准备的。朝中人民深刻地了解，对于帝国主义者的挑衅，只有进行坚决的斗争，使帝国主义者的每一个战争计划都受到粉碎性的打击，每一个侵略行动都遭到彻底的失败，才能迫使敌人罢手，取得人民所热望的和平。

2月7日，毛泽东在中国人民政治协商会议第一届全国委员会第四次会议上，针对艾森豪威尔的战争叫嚣，也给予了有力的回击，并严正地宣告：

我们是要和平的，但是，只要美帝国主义

一天不放弃它那种蛮横无理的要求和扩大侵略的阴谋，中国人民的决心就是只有同朝鲜人民一起，一直战斗下去。

这不是因为我们好战，我们愿意立即停战，剩下来的问题待将来去解决。但美帝国主义不愿意这样做，那么好吧，就打下去，美帝国主义愿意打多少年，我们也就准备跟他打多少年，一直打到美帝国主义愿意罢手的时候为止，一直打到中朝人民完全胜利的时候为止。

毛泽东的这一讲话，表明了中国人民的坚强意志，使志愿军全体指战员受到了莫大鼓舞，更加加紧了反登陆的作战准备工作。

美国扩大战争的图谋

聂荣臻的反登陆建议

　　时任中国人民解放军代总参谋长的聂荣臻，自朝鲜战争开始时，就在毛泽东和周恩来的直接领导下，担负起组织志愿军出国作战的任务。从志愿军编组、训练、集结、运送武器装备、后勤供应、军工生产，到伤病员安置、兵员补充、部队轮换、干部上前线见习等，他都要运筹实施。

　　此时，聂荣臻从战局出发，从"持久作战、积极防御"的作战方针考虑，他向毛泽东、彭德怀建议：

　　　　组织国内军队机关干部，分批轮换到朝鲜战场实习，使他们也得到与美军实战的锻炼。由总参谋部及各大军区司令部机关干部去朝鲜分别换回志愿军司令部及各兵团司令部机关人员，时间约到 1953 年夏完成。政治工作及后勤工作干部也分批轮换，由总政治部、总后勤部分别拟出计划后实施。

　　毛泽东对这一建议很是赞赏，他于 12 月 6 日在这个建议上作出批示：

　　　　同意这个计划。政治、后勤两系统请聂告

两处负责人拟出一个计划来。

后来，毛泽东又对批示作了补充：

同意这个计划。只是数目还觉小一点。

聂荣臻代总参谋长立即行动，组织召开会议，讨论具体方案。聂总长为了迅速拿出有效的具体方案，有时候连饭都顾不上吃。

当时，在中南海作战室工作的参谋王亚志后来回忆说：

聂总常常晚饭顾不上吃，只嚼几块饼干，继续忙到深夜，这对他已是常事了。

当时的警卫参谋李常海后来回忆说：

我作为一名工作人员，那时感到特别紧张。但聂总作为一个领导人，从来没有讲过累，实际上他是非常累的……有一回坐汽车回家，他在车上就睡着了，叫都叫不醒，我都有点害怕。这种情况不止一次……

美国扩大战争的图谋

正是在这种工作节奏之下，聂荣臻于12月10日就向毛泽东等提交了详细报告。他在报告中提出：

> 遵照毛泽东对朝鲜今后战局发展之判断和决心，于9日下午召集有关方面负责人共同研究讨论了防敌于朝鲜我军侧后登陆及各项战备工作，朝鲜铁路的修建与改善，国内新兵动员，以及辽东、山东两半岛的设防问题，并制定了具体部署。

毛泽东于 11 日在这个报告上批示：

> 同意这个部署，抓紧检查，务必完成任务。

毛泽东又批示：

> 铁路争取 4 月底完成龟城球场德川线，并于球场、德川间高山修汽车路及大量仓库，先行捣（倒）运通车。龟城球场间另需保持一条宽的公路。熙川德川间争取加修一条宽的公路。原有两条公路争取加宽。满浦球场间线路争取大大改善。

聂荣臻的这份报告，事实上成为中朝方面部署反登陆作战的开始。

二、 志愿军全面准备反登陆

- 志愿军代司令员邓华在志愿军军以上干部会议上传达了毛泽东的有关指示，会议布置了反登陆作战的工作。

- 全军展开了以思想动员、调整部署、工事构筑、物资储备以及战备训练为主要内容的规模巨大的反登陆作战准备。

- 周恩来致电联合国大会主席皮尔逊对，美国军队在蜂岩饥打死打伤大批朝中被俘人员的行提出严重抗议。

中共中央下达反登陆指示

根据中央指示，1952 年 12 月 17 日，志愿军党委召开扩大会议和军以上干部会议。

会议认真研究了如何加强反登陆作战的准备问题，决定在"持久作战、积极防御"的方针指导下，以反登陆作战准备作为 1953 年的首要任务，以最大的决心和努力，来加强两翼海防，特别是西海岸的防御，做到坚决不准对方登陆。

18 日，志愿军代司令员邓华在志愿军军以上干部会议上传达了毛泽东的有关指示，会议布置了反登陆作战的工作。

20 日，中共中央给志愿军下达了《准备一切必要条件，坚决粉碎敌人登陆冒险，争取战争更大胜利》的指示电。

电文指出：

根据种种情况（艾森豪威尔上台，谈判的中断，联合国通过印度提案）判断，敌人有从我侧后海岸线，特别是西海岸汉川江、清川江、鸭绿江一线，以 7 个师左右兵力举行冒险登陆进攻的可能。我志愿军协同朝鲜人民军，要坚决粉碎敌人登陆进攻，争取战争更大胜利。

指示电还对反敌登陆作了具体部署。对反敌登陆准备的指挥机构亦作了明确指示：

> 以志愿军代司令员和代政治委员邓华兼任西海岸指挥部司令员和政治委员，以梁兴初为西海岸副司令员，西海岸指挥部的其他干部应予加强。

指示电最后还指出：

> 中央坚决相信我志愿军协同朝鲜人民军是能够粉碎敌人的冒险计划的。希望同志们小心谨慎，坚韧沉着，动员全力，争取时间，完成一切对敌登陆作战的准备工作，只要准备好了，胜利就是我们的了。

22 日，中国人民抗美援朝总会发出关于继续加强抗美援朝工作的指示，指出：

> 由于美帝国主义蓄意侵略和扩大战争，拖延谈判，最后竟至宣布无限期休会，并无理拒绝了苏联代表在联大上提出的"先停火，后遣

志愿军全面准备反登陆

返"的建议，其目的仍在继续将战火在朝鲜燃烧下去，阴谋扩大侵略。因此，朝鲜战争还要拖延，还要中朝人民部队再接再厉给敌人以更沉重的打击，还要我全国人民继续加紧抗美援朝的斗争，以求朝鲜问题的最后的公平合理的解决。

指示向全国人民提出四项中心任务：继续深入抗美援朝思想教育；加强爱国增产节约运动；认真做好一切拥军优属工作；切实做好供应和慰问工作。

23 日，志愿军司令部下达了《粉碎敌登陆进攻部署》的命令。命令对各部队防备调整和工事构筑等任务作了明确规定。

从此，全军展开了以思想动员、调整部署、工事构筑、物资储备以及战备训练为主要内容的规模巨大的反登陆作战准备。

1953 年 1 月 15 日，志愿军政治部召开第二次组织工作会议。

会上就如何加强部队党支部建设作了研究，提出：

一、加强支部和党员对战争的认识，牢固树立打到底的思想，直到朝鲜战争公平合理解决为止；

二、发扬党内民主，调动全体党员的积极

性、首创性；

三、加强支部建设，应从教育着手，以提高党员的觉悟程度为主。

1月16日，毛泽东批准了总政治部拟定的《积极准备，坚决粉碎敌人冒险登陆的政治动员要点》。

"要点"指明了"联合国军"从朝鲜侧后发动登陆进攻的可能性和粉碎对方登陆进攻的重要性，要求志愿军全体指战员：

> 除继续加强"三八线"作战，积极歼灭对方外，必须用一切力量加紧侧后准备，为彻底粉碎敌人的登陆进攻而斗争。当敌人冒险进攻时，要不惜任何代价和牺牲，坚决勇敢、顽强地进行战斗，誓死粉碎敌人的进攻，为祖国为党为争取抗美援朝战争的彻底胜利而奋斗。

志愿军各级领导干部和领导机关，根据"要点"提出的要求，自上而下，普遍而深入地进行了政治思想动员和战备教育，纠正了麻痹思想，树立了必胜的信心。

志愿军全面准备反登陆

志愿军调整兵力部署

1952 年 12 月 11 日，中央军委决定，为加强反登陆作战力量，第一、第十六、第二十一、第五十四军开始入朝，准备参加反登陆作战。

12 日，中央军委决定坦克第一师之第一、第二团入朝，后又增加坦克独立第三团。并以坦克第一师师部和坦克第二师师部一部分人员组成志愿军第二装甲兵指挥所，由罗杰任主任，统一指挥东、西海岸坦克部队。

12 月 20 日，中共中央给志愿军发出《准备一切必要条件，坚决粉碎敌人登陆冒险，争取战争更大胜利》的指示。

据此，志愿军领导人于 12 月 23 日下达了《粉碎敌登陆进攻部署》的命令。确定反登陆作战的方针是：

积极防御，坚决歼灭。

其目的就是不准美军登陆。

志愿军在政治思想动员的基础上，全面展开了反登陆的准备工作，全面调整了战场部署，充实了指挥机构。

为增强反登陆作战力量，志愿军先后增调 4 个军，在朝部队由原来的 17 个军增加到 21 个军，组织了地面炮兵和高射炮兵共7个团另5个营、坦克3个团等入朝；空军14个师，海军1个鱼雷快艇大队和2个岸炮连也参加了反登陆作战的准备。

加了加强海岸防御力量，对正面防御部队进行了轮换。部队经过调整后，志愿军的部署为：

西海岸防御部队达6个军、人民军1个军团另1个旅、地面炮兵14个团另9个营、高射炮兵2个团另13个营、坦克6个团；

东海岸防御部队达2个军1个师、人民军2个军团另2个旅、地面炮兵2个团和3个营、高射炮兵5个营、坦克1个团；

正面战场防御部队共11个军、人民军3个军团另2个旅、地面炮兵14个团和28个营、高射炮兵24个营、坦克6个团（内人民军2个团），另有预备队1个军、地面炮兵4个团又2个营。

此外，空军部队也完成了作战准备。海军在西朝鲜湾航道也布设了水雷，另有两个海岸炮兵连也进入了阵地。

调整充实后的东、西海岸指挥机构，以志愿军代司令员兼代政治委员邓华兼任西海岸指挥部司令员并政治委员，由第三兵团指挥机构兼任东海岸指挥部。

志愿军全面准备反登陆

28日，志愿军第十六军军长尹先炳，政治委员陈云开率领第三十二师、第四十六师、第四十七师由安东入朝参战。

之后，志愿军又根据战事进展的情况，不断地调整各方面的部署。

1953年1月3日，彭德怀召集空军负责人吴法宪、常乾坤、王秉璋研究空军协同地面部队作战的问题。

彭德怀指出：

> 如今春敌人在清川江以南登陆，友军空军应作第二梯队（清川江以北），我空军需单独担任第一线协同地面部队作战。

22日，志愿军第一军在军长黄新廷、政治委员梁仁芥率领下奉命入朝参战，担当正面防务。

在此时，志愿军的作战部署为：

> 志愿军第一、第二十三、第二十四、第四十六军接替第三十八、第四十、第十五、第十二军防御阵地，担任正面防务；第三十八、第四十军调至西海岸，将第十五、第十二军调至东海岸，分别担任西、东海岸的防务。

2月2日，志愿军第五十四军奉命入朝参战，军长为丁盛，政治委员为谢明。该军入朝后即开赴西海岸，加强该地的防御力量。

1953年3月底，志愿军整个战场部署调整已经完成。

志愿军此时已完成的军事部署如下：

第一，为了增强我军在朝兵力，第一军，第十六军，第二十一军，第五十四军第一三〇师、已改装的第三十三师以及担负构筑工事任务的第一三八师先后入朝。

准备参加反登陆作战的第五十四军，军部率第一三四师、第一三五师，已集结于东北地区，作为志愿军的战略预备队。

另有地面炮兵6个团4个营，高射炮兵1个团1个营先后入朝，分别加强正面各军和东、西海岸部队的力量。

空军14个师，海军1个鱼雷快艇大队、1个海巡大队、2个海岸炮连，亦准备参加反登陆作战。

第二，为了使几个新入朝的军能依托正面工事得以锻炼取得经验，而将几个在朝鲜有战斗锻炼的军加强到东、西海防，将第三十八军、第四十军从第一线调至西海岸，将第十五军、第十二军调至东海岸，并准备将在正面第一线的第四十七军调至谷山地区为志愿军预备队，而以1952年九十月间新入朝的第二十三军、第二十四军、第四十六军和1953年1月间入朝的第一军分别接替上述各军原先担任的正面防务。

以1952年底入朝的第十六军、1953年2月入朝的第

五十四军之第一三〇师以及第一三八师加强西海岸防御力量。

以第二十一军之第六十一师、第六十二师1个团和第三十三师加强东海岸防御力量。

以游击支队改编的摩托化团则置于北仓里地区，作为快速机动的反空降部队。

志愿军调整后的部署为：担任西海岸防御的部队有志愿军6个军19个师，人民军1个军团另1个旅，地面炮兵14个团另9个营，高射炮兵2个团另13个营，坦克6个团。

担任东海岸防御的部队有志愿军2个军7个师，人民军2个军团另2个旅，地面炮兵2个团另3个营，高射炮兵5个营，坦克1个团。

担任正面防御的部队有志愿军11个军33个师，人民军3个军另2个旅，地面炮兵14个团另18个营，高射炮兵24个营，志愿军坦克兵4个团，人民军坦克兵2个团。

志愿军预备队有步兵1个军，地面炮兵4个团又2个营。

第三，对东、西海岸指挥机构进行了调整与充实。以志愿军司令部、政治部机关部分人员及原西海岸联合指挥所人员组成了西海岸部队联合指挥部，并在指挥部内设立了炮兵主任办公室、空军前方指挥所和海军作战办公室。

将第三兵团司令部与第九兵团司令部对调，由第三兵团司令部兼任东海岸指挥部。

另外，以坦克第一师指挥机构为基础，加坦克第二师部分干部组成了装甲兵第二指挥所，负责指挥西海岸的坦克部队。

第四，抽调了 4 个汽车团、3 个陆军医院和 14 个医疗队入朝，加强运输和战地救护力量。

同时，还抽调了铁道工程第五、第六、第七、第九、第十、第十一师及 5000 名铁路员工入朝，会同朝方铁道兵第三旅，在新建铁路指挥局指挥下，负责修建从龟城至德川间的横向铁路和价川至殷山间的京义铁路纵向辅助线，沟通京义线、满浦线、平元线三大铁路干线的联系，以改变铁路运输集中于靠近朝鲜西海岸的京义线的局面。

另外，调工兵第十二团入朝，同第二十一军第六十三师及原在朝的工兵 5 个团，修建公路新线，并对原有公路进行整修。

后方供应部署亦作了相应的调整：以后勤第一、第二、第三分部分别负责对正面各军的供应；以第四分部负责东海岸、第五分部负责西海岸各军的供应，并加强了第五分部的力量。

中国展开外交攻势

为防止美军的冒险登陆，促使朝鲜战争早日结束，在志愿军积极准备反登陆的同时，中国政府还频频利用外交方式向美国施加压力。

在中朝方面酝酿和实施反登陆期间，中国政府在外交方面与美国进行了多次较量。

1952年12月14日，美军在蜂岩岛战俘营中打死中朝方面被俘人员87人，打伤12人。

在当日，《人民日报》就发表社论，抗议美方在蜂岩岛战俘营的血腥罪行。文章指出：

美方这次在蜂岩岛战俘营又制造了这个血淋淋的大屠杀事件。美国侵略者这种越来越频繁、越来越残暴的屠杀战俘的罪行，分明是"对于人类所共有的基本人道本性的一个挑战"，然而在美国操纵之下的联合国大会，竟在本月3日根据印度提案通过了关于朝鲜问题的非法决议，支持美国强迫扣留战俘的荒谬主张，这是无论如何不能容忍的。在联合国大会上，美国侵略者为了要迫使大会通过以强迫扣留战俘为目的的关于朝鲜问题的决议案，曾口口声声侈谈什么"人道原则"与"战俘自由意志"，它以为玩弄这一套骗人的把戏就可以遮盖它的滔天罪行，然而蜂岩岛大屠杀事件，却把美国侵略者的所谓"人道原则"与"战俘自由意志"的谎言和所谓"不强迫遣返"的招牌摔得粉碎了。因此，一切维护和平与正义的人们都必须起来，反对美国扣留战俘的阴谋和屠杀战俘的罪行……

21日，周恩来致电联合国大会主席皮尔逊，对美国军队在蜂岩岛打死打伤大批朝中被俘人员的行为提出严重抗议。

周恩来同时指出：

这个事件，又一次充分证明了美国所谓"自愿遣返"或"不强迫遣返"原则的实际内容，就是用惨无人道的集体屠杀来胁迫战俘表示"不愿遣返"，以便达到其强迫扣留战俘的目的。

同一天，苏联外长葛罗米柯在联合国大会全体会议上，作了关于美国军事当局屠杀朝鲜与中国战俘问题的演说。

葛罗米柯指出：

大会有责任采取紧急的适当措施，制止美

志愿军全面准备反登陆

国军事当局为了有计划地杀害朝中战俘而在朝鲜进行的罪恶行动。大会绝对有必要在休会前立即处理此项事件。

同时，葛罗米柯还提出：

坚决要求美国政府火速采取措施，终止美国军事当局对朝鲜与中国战俘所犯下的罪行，并严惩犯下这些罪行的人。

中国的外交努力，让世人从战俘问题上，看到了美国"自由"、"民主"的真相，美国政府在一片谴责声中灰头土脸。

迫于强大的舆论和道义压力，2月22日，"联合国军"被迫于当日以总司令克拉克的名义，致函金日成和彭德怀，要求在战争期间先行交换病伤战俘。

3月28日，我方同意了这一建议，并建议立即恢复停战谈判。

3月30日，周恩来发表声明，提出中朝两国政府共同拟定的公正解决战俘问题的新建议。

根据这一建议，谈判双方应保证在停战后立即遣返其所收容的一切坚持遣返的战俘，而将其余战俘转交给中立国，以保证对他们遣返问题的公平合理解决。

后来，这一方案成为恢复停战谈判和最后达成协议的基础。

4月1日，金日成、彭德怀致函克拉克，同意举行联络组会议，以初步安排交换病伤战俘事宜，并商定恢复停战谈判的日期。

4月10日，双方联络组会议就遣返病伤战俘协定草案达成了协议，并于11日正式签字。

4月20日，双方开始交换病伤战俘。到26日，我方将对方病伤战俘684人遣返完毕。至5月3日，对方将我方病伤战俘遣返完毕。

另外，我国政府在此期间，还对美国的一些战争挑衅行为不断发表声明，让世人了解其真相。

如1953年1月21日，周恩来发表声明，抗议美国政府派遣特务飞机侵入中国东北地区领空进行战略侦察活动。

声明中指出：

> 1月12日当地时间21时15分，美国一架飞机侵入中国东北地区领空，被中国空军击落，机上11人被俘（含上校司令官阿诺德），其中3人摔死。

声明警告美国政府：美国空军这一连串的侵略行动，是中国人民所绝对不能容忍的，美国政府对于这种侵略行动的一切后果必须负起绝对的责任。

工程部队抢修运输线

1953年1月，志愿军先后从国内组建铁道工程部队6个师及5000名铁路员工入朝，从事修建铁路、改造和完善朝鲜北方的交通运输网络的任务，进行作战物质储备。

1953年初，志愿军铁道工程部队奉命向开城开进，抢修新木到开城的100多公里铁路。

部队首长在作动员时，把这个任务取名为"前进抢修"。

部队通过一段时间的行军，来到临津江边。开城这段铁路靠近板门店，在交换战俘中起着很重要的作用。

为阻止中国人民志愿军修复这段铁路，美国的空军加大了轰炸力度，昼夜不停。

夜间的地面目标不好找，美军就时常投下照明弹寻找，也派遣南朝鲜的特务装扮成朝鲜的老百姓，在志愿军部队和重点目标附近，用手电筒给飞机发信号，指示轰炸目标。

这给志愿军晚间的行动带来了很大干扰，有时也造成了很大损失。

因此，抓特务也成了志愿军和朝鲜人民群众的一项任务。发现敌特，志愿军和朝鲜老百姓就把整个山头围起来，一步一步向上搜索，使特务无处可逃。

后来，志愿军战士杨光和回忆说，他也参加过几次这样的行动，他们团还抓获了几个南朝鲜军特务。

在当时，杨光和所在部队负责桥梁维修。在零下三四十摄氏度的严寒下，要打开冰窟窿，跳到水中去打木桩，这个时候全靠酒壮英雄胆了。

在临津江，有两次危险让杨光和难以忘记。

有一次，他与几个测绘兵坐吉普车在前往开城的途中，遇到敌机的轰炸，没地方可以隐蔽，只得往前开。一个炸弹投了下来，落在他们边上几米远的山上爆炸了。

见此情景，杨光和还开了句玩笑："美国空军有什么了不起，投个弹也投不准。"

还有一次，他和田锦福等2名战友在一座30多米高的桥墩上搞测量，刚摆开测量器材不久，美军的轰炸机就来了，撤下来隐蔽是来不及了，3人只好趴在桥墩上。

他们在桥墩上趴着，炸弹不断地在身边爆炸，弹片虽然伤不着他们，但桥墩随时有被炸垮的危险，敌机的机枪扫射也时刻威胁着他们。

杨光和说，曾有2架敌机盯着他们来回2次扫射，但没伤着他们一根毫毛。敌机匆忙投完炸弹就飞走了。事后，团里给杨光和他们3人都记了三等功。

杨光和说，抗美援朝战争打出了中国人民的威风。另外值得骄傲的是，他们的团长杨柯从朝鲜战场回来后，还出了部长篇小说《炸不断的运输线》，专门写抗美援朝中的铁道兵。

铁道兵和工兵部队以战斗的姿态，对朝鲜北方的交通网络进行了改造和完善，新建铁路提前一个月完成了第一期工程。

至4月10日，建成龟城至德川段、价川至殷山段铁路，整修和加宽公路560公里，使三大铁路干线连为一体。既减轻了新安州、西浦、价川三角地区的运输压力，又解决了在反登陆作战中一旦邻近西海岸的京义线被敌切断后我军物资供应和兵力机动的问题。

同时，还抽调了一个步兵师和工程兵部队一起，新建纵横公路各4条。

另外，志愿军还架设桥梁47座。

以上铁路、公路的修建，使我军交通运输困难的局面得到了很大改善，提高了作战物资的送达和储备速率。

空军加强保卫运输线

1953年初，侵朝美国空军为了阻止志愿军地面部队调整部署和运输物资，制订了一个所谓"对铁路目标进行一系列短促猛烈的突击"的计划。

这个计划的内容是，集中大部分轰炸机和战斗轰炸机，重点轰炸大宁江、清川江的主要桥梁。

在战术上，对方采取了一种"口袋"战术，就是采用混合大机群的方式，派出一小部分兵力佯动，把大批飞机分成左、中、右路，待我机进入他们布置的"口袋"中后，就从侧翼两路包抄堵截，并力图封锁志愿军一线基地，其战斗轰炸机距歼击机100公里左右跟进，伺机窜过清川江袭击地面目标。

1月15日9时许，中朝空军联合司令部发出通报：

> 在龟城西北地区上空，发现敌F－86机3批72架，掩护冲击机（强击机），企图轰炸破坏我交通干线。伺时命令志愿军空军第十二师起飞一个团迎敌。

三十四团团长郑长华受命带领16架战鹰，腾空而起，直插战区。

对方 72 架飞机分西、中、东三路，像张开的大口袋，黑压压的，颇有气势。

"162 号，敌人使用'口袋'战术，坚决击败它！"地面指挥员下达着战斗决心和命令。

"明白，坚决完成任务！"郑长华坚定地回答。

对付美军的"口袋"战术，三十四团已不是第一次了。他们大胆革新作战方式，初期采用的"一字队形"，研究提出的"菱形"、"蛇形"队形，在打破对方的这种战术上已收到了明显的成效。

所谓"不可战胜"的对方 F－86"佩刀"式飞机连连落地。三个月的时间，"联合国军"飞机就被击落、击伤 30 多架。

在今天，郑长华率领的 16 架飞机，分 4 个中队，又按"蛇形"队形摆开：4 机为一个中队，每 4 机为"品字"加一，即"楔形"队。

每 4 机组间距离 800 至 1000 米，后 4 机高于前 4 机 400 至 600 米。飞在全团机群最前面的，当然又是敢打猛冲的一中队，也叫"尖刀"中队；飞在全团最后的，是被战友们称作"长空铁墙"的掩护中队即第四中队；团长郑长华位于编队左侧的三中队。

无线电里首先传来"尖刀"中队的报告："左侧方发现敌机两架，斜对头飞来。""右前下方有两架敌机。"一中队长阎其维也报告："右前方有敌 F－86 两架，向我编队后方飞去。"

二中队也报告发现了敌情。同时，队长郑长华也发现前下方有对方的 F‑86 机 4 架，经编队下方向西南海面飞去。

但郑长华却根据美机多批连续出动的规律断定，虽然各方向都发现了美机，但比起地面指挥所的通报来，这还是极少部分，大批量的美机还在后头。如果攻击了对方的这少数先头部队，我编队必为对方后续主力所袭击。

郑长华沉着地大声命令：

注意队形，继续前进！

不要管，打后面的！

地面指挥所的标图板上，代表我机编队的红色箭头已经插到了对方的"口袋"中了。

突然，传来了空中指挥员郑长华的声音："四中队掩护，一、二、三中队按原计划向敌猛攻！"

"好，做得对！"地面指挥所里的指挥员都点头称赞。

顿时，16 架战鹰犹如 16 支银光闪闪的利箭，4 支一组，向左、右、前、上四个方向射去，立即把美机 F‑86 排列的"口袋"队形，撕开了 4 道口子。

当四中队听到空中指挥员的命令后，4 架飞机猛然一个急跃升，上升到 14000 米高空，然后排成密集的纯"楔形"队。

志愿军全面准备反登陆

他们一面搜索周围的空域，一面俯瞰着其他中队的作战情景，随时准备冲向对方阵营，支援战友。

郑长华率领 12 架飞机，以 4 架为一队，从三个方向向对方"口袋"队形两侧边沿上左右穿插，上下翻滚。他们始终保持在一个空域，既不被美机诱饵迷惑，也不因追赶逃敌而恋战。

最后，70 多架美机组成的"口袋"队形被冲撞得七零八落，各队之间完全失去了联系。

这时，志愿军的 12 架战鹰又迅速组成"蛇形"队形，开始分别攻击美机。

只见空中白色烟球交织，红色曳光弹来回穿梭，炮弹撕裂着空气，尖锐地呼啸着，无线电里不时传出"揍掉了"、"我又干掉一架"的欢呼声。

过了不久，标图板上又出现了两条粗粗的蓝色箭头，从西、南两个方向向我机群合拢。对方摆出紧收"口袋"的架势。

地面的同志们正为勇士们的安全担心。突然，无线电里传来郑长华果断的声音："爬高到 1.3 万米返航！"

标图板上，对方的"口袋"收拢了。但他们却是竹篮打水一场空。我三十四团在此次空战中，又击落、击伤美机 3 架，而我机无一损失。

这个团在整个抗美援朝中，按击落数计算，我军与对方损失之比为 1∶3.6。

积极构筑阵地工事

志愿军第六十八军于 1952 年 11 月初交防后，正在淮阳西北地区进行休整。

1952 年 12 月 26 日，奉中国人民志愿军司令部"为防敌由元山及通川地区登陆，保证我侧翼安全，调第六十八军构筑以淮阳为中心的弧形阵地"之命令，全军立即动员，进行充分准备。

自 1953 年 1 月 5 日起，以师为单位，先后以 3 至 5 天的徒步行军，于 1 月 13 日前先后到达指定的地区。

1 月 15 日起，全军开始了在东海岸通川、沛川、元山方向之沛川里、黄龙山、风流山、马龙山地区共约 650 平方公里地区进行构筑工事。同时进行战术、技术训练和囤积弹药、物资的准备工作。

构筑工事的具体任务为：

第二〇二师在黄龙山、将帅峰、风流山地域，第二〇三师在 1108.7 高地、望马岩山、万年德山地域，第二〇四师在 1052.3 高地、822.8 高地、875.6 高地地域，均进行坑道工事的施工，并于铁马岭、石垡洞、江曲、五郎里地区构筑反坦克阵地。同时以第二〇四师一部及高

志愿军全面准备反登陆

炮部队在淮阳、洗浦里、道纳里一带构筑反空降工事。

志愿军在"坚决打好过关仗，巩固抗美援朝可爱的人荣誉"的响亮口号鼓舞下，轰轰烈烈地行动起来。在零下30摄氏度的严冬季节里，在海拔高达千余米的高山上，在没膝积雪的环境中，志愿军指战员为了战争的胜利，同心协力，不怕重重困难，以高度的爱国主义、国际主义精神和坚韧不拔的毅力，与岩石和寒冷进行顽强的斗争。

截至4月底，按照上级要求，志愿军第六十八军提前完成了任务。

第二〇二师共完成坑道155条，共长5881米，还有各种附属工程。

第二〇三师共完成坑道136条，共长10976米，还有各种附属工程。

第二〇四师在完成以洗浦里、淮阳两地区为重点的反空降工事的同时，还完成坑道43条。

志愿军干部战士以惊人的毅力和冲天的干劲，在650平方公里的地区内，筑起了以坑道为骨干的坚固防御阵地。

他们没有经验就自己开创，没有工具就自己制造，为完成任务，大家群策群力，献计献策，大大加快了施工进度。

第六〇五团三连首次试验成功了"空心装药爆破法"，在全军推广后，工效提高了70%以上。

为了解决炸药缺乏的困难，各单位就组织掏倒对方臭弹的炸药。仅第六一二团就掏倒出炸药870余公斤。第六〇八团第二营铁工组的两人，利用炸弹破片打钎2300多根，小镐2700多把。

为了全面构筑防御工事，完成战区防御体系，志愿军官兵日夜筑垒，艰苦作业。到1953年4月底，在东、西海岸设置了纵深达10公里的两道防御地带，还构筑了防空降和反坦克阵地，共挖掘坑道8090多条，总长720余公里，挖堑壕、交通壕3100多公里，构筑永备工事609余个及大量火器掩体。

在战争中，构筑坑道工事总长约为1250公里，堑壕、交通壕总长为6240公里。

到这时，在东、西海岸和防御正面1130余公里的弧形防线上，形成了以坑道和永备工事为骨干的支撑点式的完备防御体系。

志愿军全面准备反登陆

西海岸海上布雷

1953 年春节前，在彭德怀预料之中的"联合国军"第二次登陆计划酝酿出台了。

彭德怀立即下达指示：

> 命令年轻的人民海军派员入朝秘密布水雷以击退美军于滩头，彻底粉碎对方的第二次登陆计划。

由海军参谋长张学思任总指挥，华东海军抽调官兵秘密赶赴朝鲜。

1953 年 2 月 22 日，林有成当时正在"济南"舰上当水雷班长。9 时左右，水雷长刘文华通知他，让他立即赶到支队司令部作战室去开会。

这次行动由张学思挂帅，还有"西安"舰、"武昌"舰和"长沙"舰的水雷班长郑长晖、唐兆贤和应加琪等人。

到了作战室以后，作战室主任立即下达了命令：

> 你们 4 人于后天出发，到北京海军司令部接受作战任务。至于什么任务，报到以后就会

知道了。

作战室主任接着说:"由于任务很紧急,去北京的车票已经买好了,不知道你们是否有困难?"

军人以服从命令为天职,还有什么价钱好讲的。他们4人毫不犹豫地回答:

坚决完成战斗任务,为海军争光!

经过5天奔波,他们于27日按时抵达北京。

在当天,海军司令部作战部李副部长亲自到火车站迎接他们,并把他们送到了位于前门大栅栏的海军第一招待所住了一宿。

第二天一大早,他们又赶到海军司令部接受战斗任务。

直到这时,他们才知道:他们要跨过鸭绿江,奔赴朝鲜西海岸指挥部参加抗美援朝,并单独执行清川江水下设障的任务。

海军首长命令:

此次作战任务由海军参谋长张学思任总指挥,任命华东海军扫雷大队长孙公飞为总负责。

由扫雷大队参谋长刘培良、中队长马志高配合,由扫雷大队航海业务长杨德全和登陆舰

志愿军全面准备反登陆

五舰队杨航海长带领 5 位航海班长负责航海保障，扫雷大队参谋钱鳌任作战参谋，"济南"舰水雷班长林有成等 7 名同志负责各型水雷的各项战斗准备及定深和敷设到海中的战斗任务。

至此，这支由华东海军抽调 17 人组成的赴朝作战"别动队"秘密组成，任务明确，待命出发。

当月底，他们集体乘火车到达安东（今丹东）市，在抵达目的地以后，他们按规定换上了志愿军穿的棉大衣、棉制服及毛皮鞋。

根据西海岸指挥部的安排，张学思一行改乘大嘎斯车直奔朝鲜平安南道龟城郡青龙里，分散住在朝鲜老乡家里。

由于这次战斗任务非常特殊，他们事先的准备工作全部是在高度保密的条件下进行的。

当时，他们也在想，要在"武装到牙齿"的美海、空军眼皮底下，在清川江偌大的江口上埋设水雷，只能加强保密和发挥反侦察手段。

在船只的选择上，张学思他们考虑到铁壳船会招来对方雷达的跟踪，决定选用木船。

张学思他们从大连征集了 5 条木制机帆船，分别由地方的 10 名船工昼宿夜行，悄悄送至清川江口，防止了对方的雷达跟踪。

在抵达目的地以后，他们立即对渔船进行改装，拆除了上层甲板和建筑，以便能装载更多的水雷。

此时，另一路由海军司令部装备部水中兵器科杜科长带领，提运苏制水雷，从中国西南地区某弹药库抵达清川江畔的肃川前线。

为了能很好地把水雷储存起来，他们冒着被美军轰炸的危险，在肃川坑道内，每隔 10 米左右挖个山洞，大、中型水雷每个洞放一个，小型的水雷每个洞放两个。

此外，为了做到知己知彼，他们把所有的美军登陆舰画出图样，送到安东做成模型，大大小小做了 100 多个，对照模型了解美舰的作战性能，以求做到更精确的打击。

当时，这些 K6 型触发锚雷，大型的有 180 公斤，中型的有 110 公斤，小型的也有 20 多公斤。按照苏联专家的要求，必须用布雷舰布设才更为科学。

面对当时的作战条件，他们只能采取土法上马，将清川江海域进行了精确的换算，用尺子在麻绳上量好了布雷的距离，决定在布雷时采用边放麻绳边布雷的办法。

他们把布雷实施时间放在了 1953 年 4 月 10 日晚。

真是天公作美，这一晚是个非常理想的时间，天色出奇的黑，伸手不见五指。

由于连年遭受战火摧残，清川江两岸已经找不到一个可以导航的参照坐标。

为确保布雷准确到位，由杨德全航海业务长率领的航海保障组同志看中了对方所占岛屿的一座山头，并决定偷袭到那里去设一个临时航标灯。这个位置可以覆盖整个布雷工作海域。

晚饭后，布设导航灯的几名同志，潜伏进山，21 时，他们准确地将导航灯放上了指定位置，解决了航海保障问题。

与此同时，海上布雷分队也在规定时限内，将装满水雷的木船驶抵布雷区内。

由于作战计划做得详细充分，钱参谋等人在海上布雷过程中，按计划执行得非常顺利、快捷。

我军布雷人员对着导航灯，将水雷按麻绳上的距离一个个拴好，进入布雷区后，依次将水雷推入水中。

前后仅一个小时，他们就将 90 枚水雷神不知鬼不觉地放进了清川江底，可以说，这次布雷行动真是在对方的眼皮底下进行的。

4 月 12 日，他们按指挥部的命令，悄悄撤出了肃川前线，返回到平安南道青龙里待命。

4 月 28 日，美军试图离开谈判桌，依靠强有力的海、空优势，掀起新一轮战争，并拿出了第二次登陆计划，试图从清川江突破，争取更多的谈判"砝码"。

美军没敢冒失来犯，仅派出了几艘舰艇，在清川江先搞了一次试探性的登陆。结果，一艘登陆舰当场触雷沉没。

美军看到无隙可乘，只好仓皇地退出了清川江。

其实，在我军返回青龙里的当天，就有对方侦察机来犯，但他们当时却没有太多在意。

由于当时美军在强大的海、空优势上都没有打赢战争，开始使用细菌武器来维持战争。

因此，4 月 12 日，就在林有成他们回到青龙里的当晚，就立即赶到第五十军卫生所注射"四联"预防针，刚巧，军部也正在召开上甘岭英模总结表彰大会。

等回到驻地后，林有成因为注射反应，加上劳累，鞋子衣服都没脱，就倒在地坑的外沿睡着了。

21 时左右，林有成迷迷糊糊听到敌机的轰鸣和炸弹的爆炸声，立即去叫醒睡下的战友赶快撤离。

在跑往防空洞的途中，林有成感到左腕一麻，等跑到防空洞后，发现左边的棉衣袖已被鲜血浸透了，那块击穿了三件毛衣、一件棉袄的弹片深深地扎在他手臂上。

第二天，当地群众在一平方公里的土地上，就清点出了 500 多个弹坑。可见，美军简直是气急败坏了。

志愿军全面准备反登陆

深入进行思想和技战术训练

为彻底粉碎"联合国军"冒险登陆的企图，志愿军各部队在建成坚固防御屏障、做好充分战场和物资准备的同时，还深入进行了思想准备和全面的战术、技术准备。

为了克服"打不起来"的侥幸心理，做好打大仗、打恶仗的思想准备，各部队请上甘岭战斗英雄作报告，开展了向上甘岭英雄学习的活动，使部队进一步认清了美帝国主义的侵略本性。

深入的思想教育，使广大指战员都能自觉地以英模人物为榜样，决心打好过关仗，并大大激发了部队的施工积极性和练兵热情。

根据第二〇二师6个连队的统计，873人中学会使用4种步兵武器的就有842人，涌现出了打坦克能手362人。

在此期间，志愿军各单位还根据志愿军司令部、兵团指示和军的安排，分别对干部进行了识图用图、防毒、坑道战、反空降、抗登陆等课题的训练，重点是组织与协同，通过训练，使各级指挥员进一步熟悉了反空降、抗登陆作战的组织指挥原则和战术手段运用。

根据志愿军司令部及兵团的战备指示，志愿军在构筑抗登陆工事的同时，还有支援平康方向之第二十四军、金城方向之第六十七军以及人民军第一军团作战的任务。志愿军即组织有关人员从 3 月 22 日至 4 月 19 日，分别去兄弟部队阵地勘察和熟悉地形，并明确具体任务：第二〇三师有支援人民军第一军团作战的任务，第二〇二师、第二〇四师有支援第二十四军、第六十七军作战的任务。

为便于训练和随时支援兄弟部队的作战，志愿军于 4 月 24 日对部队部署作了适当的调整：

第二〇二师在幕德里地区，第二〇三师在后谷地区，第二〇四师在浦村地区。鉴于我军已基本完成志愿军司令部赋予的施工任务，除第六〇五团二营、第六〇九团二营仍留原地继续构筑工事，完成扫尾工程，待全完工移交后归建外，其余均转入训练正面第一线部队，积极进行战术反击。

志愿军全面准备反登陆

担任海岸防御的部队进行了战前训练和实兵演习，熟悉了作战预案，提高了战术技术水平。

1953 年 1 月至 4 月，正面部队各自组织的战术性反

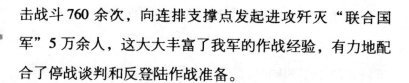

击战斗 760 余次，向连排支撑点发起进攻歼灭"联合国军" 5 万余人，这大大丰富了我军的作战经验，有力地配合了停战谈判和反登陆作战准备。

三、 迫使敌人回到谈判桌前

● 我军情报人员再次向对方报告："裴返回，侦知中共军大批部队前数日过境北去，现海浪里驻有中共军一个排……"

● "102、102，左前方发现小狼！我是103。"这兴奋的声音，听起来特别清亮顺耳。

● 孙生禄笑笑说："没什么了不起的，我和大家想的一样，只要硬过敌人，敌人就熊了！"

聂排长运来一车美国兵

1953 年春的一天晚上，志愿军后勤部车队在送军粮，排长聂兴球回团部顺路搭上了一辆送粮车。由于这辆车与前面的车辆拉开了车距，走到一个三岔路口时，司机走错了方向。

他们向东行进了 5 公里多，翻过一个山坡，进入了一片开阔地。突然见到沿路全是美国兵站，公路上也尽是美军的车辆。

在此时，他们才发觉车已误入了对方的营地，倘若掉转头来往回走，已经来不及了，那样做肯定会引起美军的哨兵怀疑，从而被检查。

这时候，司机不知如何是好了。聂兴球便果断地命令将车继续开向前。

在这时，美军的哨兵误以为是自己兵站的士兵调动的车辆，于是，便没作检查就让其通过了。

当车辆开进兵站停下来以后，聂兴球看到对方的士兵都是熟睡在汽车上，于是他心生一计，与司机商量后，开了对方军车的车门，把熟睡的美军司机刺死了。

两人即刻上了驾驶室开动汽车。汽车慢慢启动了，他们尽量躲避着对方哨兵的视线，开着车往前走。

等出了车场之后，这才加大油门开足马力往前跑。

当这辆汽车飞速行进了一段路程时，路上的颠簸把熟睡的美军士兵惊醒了。

但是，由于天黑不知所向，醒来的美军士兵骂了一句："妈的，怎么开得这么快!"

由于过度疲劳，骂完之后，美军士兵又睡过去了。又走了一段路程，聂排长知道已经远离了对方营地，这才稍微松了一口气。

汽车依然快速地行驶，很快便回到了志愿军驻地。驻地哨兵觉得很奇怪，送粮的车怎么会这么快回来了呢?

哨兵正在迟疑之际，聂排长已经下了车，他飞速跑了过来，大致地说明了情况，叫哨兵立即打电话通知部队值班首长，组织兵力前来抓俘虏。

一八九团二营的战士很快便来到装着美国兵的美国军车周围，他们首先把车包围了起来。然后一齐喊：

缴枪不杀，优待俘虏!

睡眼惺忪的美国士兵听到这么高喊的声音，知道自己已成了瓮中之鳖。

借着微弱的灯光，美国士兵终于看明白了，原来他们已经被请到了志愿军的营地。

但是一切都晚了，还是保住性命最要紧。38 个美军士兵放下枪后，都跳下车来投降。

唯有一个军官仍想进行挣扎，他提起机枪，正准备

迫使敌人回到谈判桌前

049

瞄准我军战士扫射。

在这千钧一发之际，聂兴球排长眼疾手快，把机枪一举，就把那位军官射倒了。

就这样，双方避过了一场血腥搏斗，也使其他俘虏不敢轻举妄动了。

事后，大家都称赞聂排长和司机的机智勇敢，损失了一车高粱米，却俘虏了一车美国兵。

志愿军从俘虏的口中，还知道了很多军情，真是一举两得。

情报系统展开攻防战

在志愿军战士与对方激烈作战的时候，志愿军情报人员也发挥了重要作用。

志愿军情报人员在斗争中逐渐掌握了运用对方电台的方法，并利用种种方式经受对方的"不断考验"。还不断总结经验，逐渐掌握了对方的"考验"手法。

对方"考验"的手法无非一紧一松。紧是突然把补给时间提前或突然变更补给地点，或者以紧凑的时间来考察是否有潜伏。松是主动通知补给却又不给，或对补给要求不予理睬，以不满足要求来考验是否有不满情绪。

我军情报人员反"考验"的对策则是：

你搞你的，我搞我的；来得及就听你的，来不及就依我的；坚决保守机密，不露一丝破绽。

在先后几位部长的领导下，逆用组和外围组的同志们积极与对方周旋，大智大勇地处理了一个个紧急情况：

曾单人夜钻深山紧急联络；曾跳下悬崖深谷排险；曾出奇兵 30 公里飞降补给点；曾忍饥受冻彻夜候敌机；曾翻山越沟搜寻补给筒……

在方圆百里的山区这无形的战线上，到处活跃着志愿军兵团保卫干部们的身影。他们机智勇敢地一次又一次打破了对方的"考验"，保住了逆用敌台斗争的秘密及与之共存的斗争主动权。

战地逆用对方电台的根本任务是用情报手段有效地干扰"联合国军"，从而利于我军与之作战。

由于美军在上甘岭刚刚战败，正面战线也颇不得意。因此，他们千方百计想挽回点面子。

刚刚当选的美国总统艾森豪威尔还没等上任就抛出了"两栖登陆"计划。他太熟悉这个战法了，要求"联合国军"总司令克拉克制订两栖登陆的《8－52 计划》，要求加强侦察，进行调兵遣将，搞大规模的演习。

美军叫嚣的登陆作战又掀高潮，其动作、声势比以往都大，真可谓气势汹汹，山雨欲来！

我志愿军遵照中央军委指示，以搞好东、西海岸反登陆准备作为 1953 年的首要任务，以最大的决心和努力加强两翼海防，坚决粉碎"联合国军"的登陆冒险。

12 月 23 日，志愿军总部下达《粉碎敌登陆进攻部署》的命令，命令全军展开思想动员，进行部署调整、工事构筑、物资储备以及战备训练。

命令要求 1953 年 3 月底完成海岸防御工事体系的修筑任务。

遵照志愿军总部的部署，第九兵团调往中线，第三兵团接防东海岸。中国人民志愿军保卫部决定逆用敌台工作原地移交第三兵团保卫部。

第三兵团保卫部于克法部长继续领导此项工作，并分工杨惠林和战斗英雄郭元顺两名助理员负责外围配合。

不久，干部进行轮换，何晚光部长及地方肃特科刘镜科长继续领导这一斗争。

杨惠林他们3人留在第三兵团保卫部继续进行这场特殊的战斗。

双方登陆与反登陆准备的斗争日趋紧张。

1953年1月初，美军本部来电命令：到海浪里侦察中共十五军的情况。

其时，我第三兵团第十五军正从上甘岭移防东海岸，展开了战备，军部确实正在海浪里活动。

志愿军情报人员认为此时部队正在大规模运动，必须坚决保护志愿军指挥机关和军队行动的安全，就一面通报令第十五军保卫处加强部队保密和驻地肃特；另一方面，志愿军情报人员对"联合国军"本部进行电复：

已派裴前往海浪里。

四天之后，志愿军情报人员再次向对方报告：

裴返回，侦知中共军大批部队前数日过境北去，现海浪里驻有中共军一个排……

这份假情报，必然使对方将信将疑，以致其作战行动举棋不定。这正好为我第十五军安全、秘密展开行动赢得了大好时机。

反情报战刚刚拉开序幕，对方本部又沉默了下来。而且自1月下旬以来，对我方要求补给粮食也予婉拒。

志愿军情报人员分析原因有二：一是对方信任不足；二是时机不到。

因此，志愿军情报人员的对策是反其道而行之。你不信任，我偏要向你"表忠诚"。你不给任务，我自己找任务。总之，主动出击，推进斗争，让对方听我调动。

第三兵团政治部主任李震将军曾说道："有备无患，无备有患，备大患小，备小患大。"

逆用组以"备"和"知"为指导，深入研究战局总的形势，还有研究登陆与反登陆双方的"备"、"患"关系，还有我军反登陆准备的具体进程，以及逆用对方电台进行斗争的状况，从而制订了一个突破沉寂局面的决战方案。

逆用敌台一直位于我东海岸指挥部的驻地。志愿军情报人员实施的决战方案，很有可能会招致对方的反动作。这可能威胁到我军领导机关的安全，所以，作为预备方案，志愿军情报人员安排了一个确保东海岸指挥机关安全的有力措施。

到1953年2月，作为我反登陆准备核心的坑道防御体系工程进展很快，全面完工已经指日可待。趁此时机，志愿军情报人员实施了预备方案。

我方借口不满于本部不补给粮食，以"将在外，君命有所不受"的姿态，于2月15日向对方发出电文：

> 自从进入敌区，没有一点建树，本部不给任务，我们心中不安。现粮食已尽，派裴率赵远出，侦察共军军情；相机寻找食物较丰富的地区潜伏。权、孙负责隐藏电台，然后也去咸南海域侦察，寻找新的潜伏点。一个半月内会合，恢复联络。

此后即关闭电台，回避敌本部可能下达的不同意的指令。

这一步，首先把对方的测向电波、监控耳目以及可能进行的别的反动作，统统引离了我东海岸的指挥部驻地，从而排除了我军领导机关的安全风险。同时，也把"侦察共军军情"的主动权，颇为合乎逻辑地拿了过来。下一步，"潜伏"在哪里，也就由我军情报人员自己来定了。

3月下旬，在正面战线，志愿军采取全线频频的战术攻击，消耗、牵制着对方兵力，迷惑了对方对我作战企图的判断。

"联合国军"最高统帅部已经显得很迷茫了，表现出迟疑而力不从心了……

在东、西海岸方面，与正面相连，以坑道和钢筋混凝土工事为骨干的支撑点式的弧形防御体系已经大功告成，极大地巩固了海防阵地，增强了志愿军反登陆作战能力。

在后方，铁路、公路、桥梁的修复与新建，以及粮食、弹药的储备，也都按照总部的部署，达到了很高的保障水平。

在反登陆作战部队部署方面，海岸一线部队和二线反击部队、反空降坦克及摩托化步兵部队、空军战机、海军快艇以及全军总预备队均部署完毕。

三军开始积极训练，斗志高昂，准备给美军登陆部队予以迎头痛击。

至此，志愿军东、西海岸壁垒森严，强势已成，反登陆作战确立了不败的优势。

对于朝鲜东、西海岸反登陆的准备，毛泽东明确指出：

我们有了准备，敌人就不敢来，即使来了，我们也不怕。

据此，志愿军的反情报决战，目的就定位在：

令敌知我之备，撼敌登陆决心！

情报人员坚信，"有备无患"这一兵法原则是非常正确的。

元山至阳德间，江原道与黄海道交界处有一座海拔1324米的头流山。3月28日，电波从这座远离东海岸指挥部的大山主峰，飞向美军远东的情报局本部。

电文的目的是向对方显示我军反登陆战备的强大力量。

情报内容，新与旧、虚与实、真与伪并举，而以新、实、真为主线，力求给对方一个我军海防强势的总概念。

例如，志愿军建制军数、人民军军团数、防御工事总长度概数、海防兵力总概数等都是真实的，而兵员总数则是用黄金分割法将实际总数180万压缩到对对方有威慑力的数值。过了一周，4月4日，对方来电：

　　祝贺裴、赵侦察成功。报告的军情很重要。

　　近期要恢复和平谈判，战事有可能很快停止……

1953年春季，对方闹得沸沸扬扬的"两栖登陆"并没有发生。看来，这一刀子捅到了对方的心窝子上了。

在志愿军反登陆作战的绝对强势面前，艾森豪威尔迫不得已，只好乖乖地罢手，重新回到了谈判桌上。

迫使敌人回到谈判桌前

双方空中搏杀

1952 年 12 月，在抗美援朝战争中，中国人民志愿军空军第十二、第三师，在朝鲜永山、铁山、龟城地区与美国空军展开了空中较量。

2 日 11 时 55 分至 14 时 49 分，美空军出动大机群，企图侦察新义州机场和攻击清川江以南的地面目标。其中两批 16 架 F - 86 型战斗截击机和侦察机沿西海岸直飞铁山地区。

志愿军空军第十三师第三十四团团长郑长华，率领 16 架米格 - 15 比斯型歼击机，于 12 时 15 分起飞，以 6000 米高度出航打击该批美机。

在激战中，6 号机王武击落美机 1 架，9 号机姜龙亭击落美机 1 架。

8 号机飞行员张道谦单机先后与 4 架美机格斗，打到高度 500 米将美机驱逐，在追击中迫使 1 架美机在慌乱中失事坠海。

至此，第三十四团取得击落美机 2 架，逼美机坠海 1 架的战果，使美空军侦察新义州机场的目的未能达到。

紧接着，美国空军又出动 40 架 F - 86 型战斗截击机与侦察机混合编队，继续侦察和进行航空照相，并掩护战斗轰炸机对清川江以南地面目标进行攻击。

志愿军空军第三师第九团起飞12架米格－15比斯型歼击机，由副团长王海率领至永山、铁山、新市洞地区上空，配合第三十四团打击美F－86型战斗截击机机群。

　　编队进至新市洞与枇岘之间地区上空，王海率编队右转时，发现左前上方有4架F－86型飞机，便下令编队投入战斗。

　　在空战中，孙生禄击落美机2架。第三师第七团于14时30分起飞12架米格－15比斯型歼击机支援第九团作战，在龟城地区与美机展开激战。第一大队大队长汤奎击落美机1架。

　　此次空战，共击落和逼落美F－86型战斗截击机6架。

　　"啪！啪！啪！"机场上空升起三颗绿色的信号弹。随即12架战鹰有秩序地腾空而起，疾风似的向着平壤上空飞去。

　　天空像一片蓝色的海洋，无边无涯，一眼望去，能看得很远很远。王海睁大眼睛，从远方的地平线上开始，由远而近，从左至右细细地搜索，可是没有发现一点可疑的迹象。

　　就在这时，飞行帽里的耳机响着僚机焦景文的声音："102、102，左前方发现小狼！我是103。"这兴奋的声音，听起来特别清亮顺耳。

　　"103，我明白，明白！"王海在送话器里回答。可不是吗，敌机正从西北迎头飞来。

"轰炸机，来得正好！这种型号的飞机，大家都还没有打过，让我们来开第一炮！"

"还想溜，你是跑不掉的！"王海是个急性子，恨不得一下子追上去，把它打下来。

"开始进攻！"王海发出第一道命令。

刹那间，红色的曳光弹直向敌机的机尾追去……

情况紧急，一分钟、一秒钟都是最珍贵的，在这短促的时刻，王海的脑筋急速地转起来。他大胆地决定，飞越海面直插清川江口，从这条最近的航线，直奔战区，出其不意地拦击敌人机群。

王海利用加速前的一刹那，向飞行员们嘱咐几句："一起飞，跟上我，不要掉队。"

"攻击！就在一号战区上空，一层层往下打！"这是王海在 12 月 3 日下午向大队的飞行员发出的第二道命令。

这时，在战区上空，敌机从南到北，自上而下，两个一对，四个一簇，黑压压地拉着网似的拥过来了。

听到王海命令的 12 个战鹰，立刻向美军的机群冲去，一场惊心动魄的空战开始了。

"注意，左前方距离 20 公里有小狼！"地面指挥员向他们提示。

虽然相隔有上百公里，但在此时王海眼里看来，地面指挥员就像在他面前一样，他们每一个指示，都犹如远航中的灯塔和行进中的路标。

果然，清川江南有 4 架美机在他们突然攻击下快速地逃跑。

王海整理好队形，暗暗地说："你们走吧！我不来捡这个便宜，不上你的钩，等你主力过来，揪住你主力干！"

果然，这 4 架美机刚刚逃去，紧接着一群敌机就黑压压地拥上来了。他们哪里知道王海指挥的机群还占着高度优势，更没想到王海已经打掉了他们的"鱼饵"，又严密地集合在有利的攻击位置上，而他们已经完全暴露在我们的战鹰面前了。

顷刻之间，12 架志愿军战鹰冲向了美机。美机阵被冲得四分五裂，有的被打得拼命往下滑，有的向南朝鲜的老窝猛飞，还有的悄悄地向着海上溜，20 架美机被打得像无头的苍蝇，挣扎着到处乱窜。

在抗美援朝战争中，王海带领和指挥的大队与对方空战 80 多次，击落击伤美机 29 架，其中他本人击落击伤美机 9 架。

空中英雄王海为此立特等功，后来获"一级战斗英雄"称号，并获朝鲜民主主义人民共和国二级国旗勋章，二级自由独立勋章。

1953 年 3 月，志愿军空军第十五、第十二、第十七师，在朝鲜龟城地区与美国空、海军飞机展开了战斗。

3 月，美军多次出动混合大机群，企图强袭朝鲜北部和鸭绿江沿线的重要目标。

迫使敌人回到谈判桌前

志愿军空军积极组织力量进行反击。

13日12时9分至55分，志愿军空军指挥所发现美国空 海军出动各型战斗截击机、战斗轰炸机和侦察机168架编成的混合大机群，分两个梯队，向北进袭。

第一梯队32架F-86型飞机，先以4架沿东线直飞江界、楚山地区，用以钳制志愿军空军侧翼部队，继之以12架F-86型飞机沿中线飞向北镇、昌城一带，诱使志愿军空军主力东向，并阻击由昌城出击的志愿军空军。随后以16架F-86型飞机掩护16架F-84型战斗轰炸机，沿西线经镇南浦、铁山，袭击鸭绿江安东江桥。

第二梯队F-86型战斗截击机40架紧随前一梯队，支援一梯队作战。

其余战斗轰炸机64架，分散活动于清川江以南德川、永柔、沙里院等地区。

另有海军飞机16架，活动于元山一带。

为了防止美机袭击鸭绿江一线目标，12时27分，第十五师第四十五团起飞12架米格-15比斯型歼击机，由第一大队大队长姜文斋率领，经昌城插至龟城地区，与美中路的F-86型飞机12架在高度1.2万米展开空战。

在空战中，击落美军F-86型飞机一架。

12时26分，第十二师第三十六团由团长王华清率领，起飞米格-15比斯型飞机12架，插至清川江口、宣川上空，又转向铁山地区，于1.1万米高度掩护第十七师第四十九团打美战斗轰炸机，与进至铁山地区的16架美 F－86 型飞机遭遇，展开空战，击落美机一架。

第十七师第四十九团于 12 时 28 分，起飞 16 架米格－15 比斯型歼击机，由团长宋阁修率领，以 3000 米高度飞向战区，深入美机群，与由西线低空北上的 24 架 F－86 型战斗截击机、16 架 F－84 型战斗轰炸机的混合编队展开激烈空战。

在美机数量三倍于己的情况下，积极进攻，顽强战斗。第一中队队长余开良率领中队，对向鸭绿江桥方向飞行的 12 架 F－84 型飞机展开攻击，迫使美机盲目投掉炸弹，向海面方向飞离，余开良对其拦阻射击，击落一架。

团长宋阁修率领的第二中队，见右前方有 4 架美 F－86 型战斗截击机袭来，并有 4 架 F－84 型战斗轰炸机活动，遂组织攻击。宋阁修、惠迪生各击落 F－84 型飞机 1 架。

第四中队于南市洞，迎击前方对面飞来的 8 架美 F－86 型战斗截击机，展开空战。

第四十九团击落美机 3 架后，迫使美战斗轰炸机盲目投弹返航。

这次空战，美机被击落 3 架、击伤 2 架。

美军空军在整个空战中，并没有占到便宜，注定了他们失败的下场。

迫使敌人回到谈判桌前

志愿军创造空战奇迹

志愿军空军在组织部队坚决反击美空军大机群的同时，为钳制和消耗美空军兵力，还乘大机群活动的间隙，以小编队多批次连续出动的方法，远程奔袭在镇南浦和大同江口一带的美机小机群，从中使自己也受到了锻炼。

1953年2月17日，志愿军空军第十七师出动的一个小编队，创造了4机打破美5架飞机"拉弗伯雷圆圈"阵、击落美机3架的成功战例。

"拉弗伯雷圆圈"阵即通常所说的"大圆圈编队"。它始创于1916年的德国空军，当时是一种大规模的战斗机编队。这种编队既有较为严密的防御能力，又有一定的反击能力。

在朝鲜战场上，美机在与志愿军歼击机对抗时，也常利用其飞机速度小、转弯性能好的长处，在不能直线逃跑的情况下，采取这一战术。

这天15时40分，中朝空军联合司令部指挥所发现6架敌F4U机在镇南浦及大同江口一带盘旋。照往日的规律，美机该归巢了。

不能放走他们！中朝空军联合司令部指挥所当即命令，已经起飞去清川江口进行照相侦察训练的十七师一个中队去打击这批敌机，同时令另一中队支援。

支援中队呼啸着腾空而起，至铁山半岛南岸，从无线电中听到"攻击"中队已投入战斗，机长估计美机很可能向椒岛方向逃窜，故改变航向直奔大同江口堵截敌机的退路。

果不出所料，在大同江口堵住了在逃的 5 架美 F4U 机，另一架已被"攻击"中队击落。

只见这 5 架美机绕成一个大圆圈，各单机相距 300 米，圆阵直径 500 至 800 米，各机首尾相顾。

整个圆阵朝太阳光方向高，背太阳光方向低，呈一斜平面螺旋移动，并逐渐降低高度，向椒岛方向退却。

四十九团的 4 架飞机，带队长机余开良为 1 号机，其僚机陈太渠为 2 号机，另一组机长耿东清为 3 号机，其僚机李春梦，即为 4 号机。

3 号机首先发现敌机，经带队长机允许后，先投入诱导攻击。他瞅准敌圆阵左侧的 1 号敌机，距离美机 800 米时迎头开炮。正当他攻击时，圆圈左侧的另一美机一扭机头，企图向我 3 号机攻击，我 4 号机迅即开炮，将美机驱逐。

中队长机率僚机陈太渠，随 3 号机左转弯攻击，他们从美圆圈阵的右侧进入，咬住右侧美 3 号机，距美机 80 米时开炮。

霎时，美机以小转弯向内侧脱离，没打着美机，却被对方反咬一口。

陈太渠高喊："拉起来，敌人向你攻击了！"

带队长机余开良急忙向右侧上方拉起，才脱离危险。

第一次3人开炮攻击，均未击落美机。因为美机圆圈阵有其独到之处。

当我机攻击对方圆圈阵中前面一架飞机时，后面一架飞机便乘机射击支援，射击后仍回到圆圈弧线上，尽可能保持其圆阵不被我机打乱，以便相互掩护、支援。

美机在遭到我机攻击时，在圆圈阵的基础上，非常容易用剧烈的内侧小转弯摆脱攻击，使我机难以瞄准。

再攻！谁也没等待带队长机命令，不约而同地向美机展开了第二次、第三次攻击。

我3号机第二次攻击，仍打对方圆圈阵左侧的一架，一炮把对方1号机击落。

我4号机掩护3号机脱险后，虽与长机失去了目视联络，但没有退出战斗。

我4号机发现对方圆圈右侧一架飞机，正处在自己开炮的最佳距离和角度，便当机立断，将美机击落。

5架美机，顷刻之间被打下两架，剩下的3架，再也没有心思回到圆圈弧线上去保持什么圆阵了，夹着尾巴，各自逃命了。

我2号机陈太渠在掩护长机攻击中，发现左前方两架美机慌慌张张地逃窜。

瞧美机顾头不顾尾的狼狈样儿，陈太渠差点儿没乐出声儿来。

"撞到老子怀里来啦！"他开炮一攻，美机又使出急转弯的"绝招"，迎面飞来，企图逃到陈太渠的机腹下，避开攻击。

陈太渠见势，迅速驾机与美机拉成水平。

哪里逃！说时迟，那时快，从距美机800米至170米的距离内，陈太渠咬着牙，一口气连续开炮，亲眼看着这架飞机翼尾冒着黑烟，掉在大同江口。

整个空战6分钟，我志愿军编队无一损伤，胜利返航，但他们却为这次战斗没有将美机全歼而惋惜。

因为在这次出动前地面准备时，没有考虑到美机使用圆圈阵，所以第一次攻击没有成功，失掉了战机，逃走了两架美机。

当人们向他们祝贺胜利时，他们却在研究着下次战斗中，如何一次将美机阵势攻破并获得全胜的方案。

志愿军空军勇士，凭着机智与勇敢在创造着奇迹，打破了美军空中优势，很好地配合了反登陆作战的准备。

迫使敌人回到谈判桌前

血染碧空英雄孙生禄

1952 年 12 月 2 日，美国空军派出一群"王牌飞行员"，驾驶着清一色的 F - 86 战斗机，掩护一批轰炸机向铁山半岛和鸭绿江沿岸扑来。

孙生禄所在的部队奉命起飞截击这批美军飞机。

志愿军到达战区后，双方机群立即在空中展开了一场激烈的搏斗。

孙生禄率领僚机正在追逐一架美机，突然发现从右上方冲过来 4 架 F - 86，直奔自己的带队长机。

眼看对方就要开炮，孙生禄大叫一声："不好！"一边大声提醒空中指挥员赶快躲避，一边带领僚机像一把利剑从正面插入敌阵，一下子就把美机的队形搅乱了。

4 架美机恼羞成怒，疯狂地向孙生禄围攻过来。

孙生禄大叫一声："老子今天跟你们拼啦！"掉过机头，向为首的一架美机撞去。

美军飞行员一见孙生禄豁出命来了，吓得魂飞魄散，一侧机身，掉头就跑。

打退了 4 架美机后，孙生禄终于舒了一口气，掉过机头，迅速朝带队长机飞去。飞着，飞着，他猛然瞧见右下方另有 4 架美机咬上了三中队。

此时，三中队正在与前面的几架美机进行格斗，腹背受敌，情况十分危急。

孙生禄看在眼里，急在心上。他知道现在只有向右急转弯，朝美机冲去，才能解除三中队的险境。他立即来了个盘旋，急转过去。

跟在后面的僚机也向右一转，但因动作过猛，进入了螺旋，就只剩下孙生禄的单机了。

面对4架美机，孙生禄心里只有一个念头："快去援救战友！"

孙生禄完全忘掉了个人的安危，勇猛地向美机冲去。

狡猾的美机见孙生禄单机冲了过来，不想放弃眼前的猎物，便耍了个花招，3架继续追击三中队，剩下一架掉过头来向孙生禄迎面冲来，企图把孙生禄吓退。

孙生禄望着迎面扑来的美机冷笑一声："跟老子来这一套，也不看看你对的是谁。"

孙生禄不但没有规避美机，反而加快速度向对方撞去。

美军飞行员一见孙生禄来真格的了，慌忙让开了路。

为了掩护战友，孙生禄放过这架美机，朝着前面的3架美机追去，并适时对准一架正在转弯的美机，大胆切半径，将其稳稳地套进瞄准光环。

到了400米的距离，孙生禄一按炮钮，3炮齐发，这架美机拖着刺耳的怪叫声向地面坠去。

孙生禄刚把飞机拉起来，另外3架美机又向他扑来，企图凭借数量的优势压倒孙生禄。

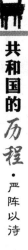

孙生禄镇定自若，佯装没有发现，继续向前平飞，就在美机要开火的一瞬间，他猛然来了个下滑倒转，从3架美机的机腹下闪电般地绕到它们的后上方，并咬住其中的一架，紧接着，瞄准、射击。

这个所谓的"王牌飞行员"连同他的座机顿时被炸得四分五裂。

另外两架美机一见两个同伴转眼间都送了命，不敢恋战，急忙夹着尾巴溜走了。

空战结束了，孙生禄怀着胜利的喜悦，驾机穿过朵朵白云，划破湛蓝的天幕，向基地返航。

可是，当他驾机经过昌城上空时，忽然从云层里窜出两架美机，还未等他作出反应，对方就开了炮。

孙生禄只觉得机身猛地一震，他明白这是飞机中弹了。

两架美机见已击中了目标，更是有恃无恐，轮番向孙生禄发起攻击。

面对这突如其来的险情，孙生禄心不慌，手不软，机智地驾驶着受伤的战鹰上下翻飞，终于摆脱了两架美机，然后用尽全力把操纵杆往怀里一拉，飞机抖动着向高空飞去。

这时，油量信号灯发出一闪一闪的报警信号，这表明飞机的油料快用完了。

孙生禄轻轻地收了油门，利用已有高度，歪歪扭扭地向邻近友军机场滑去。

飞机安全着陆了，人们迅速围拢上来，望着机身上那密密麻麻的弹痕，大家都愣住了。

最后，机械师一检查才发现，孙生禄座机的涡轮器、天线杆已被打坏，机翼、座舱盖也被打穿了。

损伤这么严重的飞机，竟能奇迹般地飞回来，大家不由得异口同声地赞叹道："真了不起，这样的飞机也能飞回来！"

大家同时向眼前这位英姿勃勃的空中勇士投去钦佩的目光。

第二天一大早，孙生禄即从机场返回自己的部队。一进门，战友们蜂拥而上，鼓掌欢迎凯旋的英雄。

有的要他讲讲只身大战群敌的故事，有的则让他讲讲座机重伤后是如何安然脱险的。

孙生禄笑笑说："没什么了不起的，我和大家想的一样，只要硬过敌人，敌人就熊了！"

说得大家哈哈大笑起来。

部队首长见孙生禄两眼布满血丝，关切地要他回去休息。

"首长，我一没负伤，二没害病，怎么能安下心来休息？"在孙生禄的再三恳求下，部队首长没办法，只好答应给他换一架飞机，让他继续参加战斗值班。

12 月 3 日 11 时，机场塔台上射出 3 颗绿色信号弹，孙生禄又和战友们驾驶战鹰向战区飞去。这一次，孙生禄又把一架 F－86 打得凌空开了花。

返航后，孙生禄和战友们刚坐下来准备吃午饭，突然，战斗警铃又急促地响了起来。他扔下碗筷，再次驾机投入战斗。

在清川江上空，志愿军空军的 12 架战鹰与 4 倍于己的美机酣战在一起，战斗达到白热化的程度。

突然间，云缝里窜出 4 只"小狼"，从背后向志愿军空军带队长机扑去，空中指挥员面临腹背受敌的危险。

"保卫指挥员！"孙生禄抱定这个信念，毫不犹豫地对着 4 架美机冲了上去。

美机见孙生禄来势迅猛，吓得慌忙避开。孙生禄紧紧地咬住一架美机紧追不放，从 1.2 万米高空一直追到 1500 米低空。

就在他刚要发炮之际，突然，从右边横着又窜出两只"小狼"，并率先向他开炮，炮弹在孙生禄座机的四周爆炸了。

面对陡然出现的险情，孙生禄毫不畏惧，仍然紧紧地咬住逃跑的美机，直到将其击落，尔后一拉机头，直冲云霄。

这时，两架美机也从后面追了上来。

孙生禄刚要准备转弯摆脱美机，突然看见右前方 4 架美机抄近路从背后偷袭志愿军机群。

这该怎么办呢？冲上前去救战友，还是右转弯个人脱离险境？在生与死的考验面前，孙生禄毫不犹豫地选择了救战友。

他驾机向对方冲了过去，拦住 4 架美机的去路。战友们脱离了险境，然而孙生禄自己却陷入了重围，五六架美机恶狼一样扑向他。

在搏斗中，孙生禄的座机中弹起火，僚机马连玉见状大声呼叫："54 号，快跳伞，快跳伞！"

可是，此时的孙生禄早将个人生死置之度外，他用力拉着机头，驾着熊熊燃烧的战鹰，向一架美机直撞过去。

僚机马连玉眼见自己的长机血染碧空，泪水模糊了视线。他镇定了一下情绪，揩去眼中的泪水，他带着为长机复仇的怒火，一头闯入对方阵营，左突右杀，击落、击伤美机各一架。

在这次空战中，志愿军机群在孙生禄和马连玉的掩护下，取得了击落、击伤美机 6 架的辉煌战绩。

可是，抗美援朝的伟大战士孙生禄却永远长眠在异国他乡，他牺牲时年仅 24 岁。

迫使敌人回到谈判桌前

狠狠打击美军的挑衅

正当志愿军为反登陆作战准备忙得热火朝天的时候，"联合国军"为试探中朝军队正面防御的稳定性，策划了一个"空、坦、炮、步协同作战实验"的方案，并以飞机、坦克、重炮及步兵协同配合，向中朝军队防守的被"联合国军"称之为"T字山"的芝山洞南205高地发起了猛攻。

"联合国军"的这一挑衅行为，恰好给了志愿军一次"实习"的机会。准备了这么久，指挥员们也想看看我军作战还存在哪些问题。

美军在上甘岭战役失败后，范佛里特悲哀地意识到，自己的机会转瞬间就要失去了。然而身为"二战"名将，即使是剩下一线希望，他也要奋力一搏。

范佛里特打定主意，在他的权限范围之内，并求得小师弟克拉克的支持，调集当时能调集的最大兵力和火力，在总统就职典礼那天，发起了一次决定性的攻势作战，他叫嚣要把"T字山"从中国军队手中拿下来，给总统献礼，也给自己争回点脸面来。

克拉克这次很痛快地支持了老学长。他明白，这位老行伍要干到头了，就由着他再搏一把吧！

克拉克很同情范佛里特，这位老学长的时运太不济了。同时，身为"联合国军"总司令，克拉克也想用一次胜利的战斗行动来向新总统表明，自己在"金化攻势"中未能得手，并不说明第八集团军是一支战斗能力不佳的军队，那个杀到"平壤元山"一线的计划也绝不是什么可望而不可即的事情，要想结束战争，他认为还是要在"打"字上下功夫。

范佛里特选定的目标是"T字山"，也就是芝山洞南侧高地。

美军士兵经过侦察，报告范佛里特，这个高地也就是一个排的守备分队。于是，范佛里特认定这是个软柿子。

这个高地在中国军队作战地图上准确的称谓是205高地，因其形似"T"字，故"联合国军"方面称其为"T字山"。

由于它位于城山、芝山防御阵地的前沿，其南段又与"联合国军"阵地相连接，有很重要的战略价值。

范佛里特给这次攻势的命名，却显得比"摊牌作战"要保守得多，取名叫"第八集团军空、炮、坦、步协同作战实验"，行动代号"鞭挞"。

虽然命名很保守，排场却很张扬。

范佛里特一反在"三角形山"的百般防范，克拉克这回也很卖力地为老学长打了一回场子。

克拉克除了组织第八集团军的高级军官们来观战外，还招呼来12名记者。来者都发了一份有6页厚、用3种颜色套色、印制精美的"实验"说明书和一份附有"实验"主要项目和进程的"剧情说明"。

记者们最本能的反应是，得到了一张百老汇的节目单。

范佛里特的情报还真准，这高地上的确只有一个排的守备分队，即第二十三军第六十七师第二〇一团第一连第三排。

这个排的排长名叫乐志洲，是个参加过解放战争的老兵了，虽说到朝鲜来这几个月光在东海岸挖工事带看海景了，跟美军交手过招这根弦可一直没松过。请老大哥部队介绍经验呀，学习坑道作战方法呀，干部们到第一线兄弟部队实习呀，这几个月里也长了不少见识。

第二十三军全军上上下下都憋着一股劲儿，要把华野老四纵那股子精神头露出来给美国少爷兵们瞧瞧！跟第十五军交接那工夫，他们又学了不少战斗经验。

到了"联合国军"临近进攻前一天，火力突袭达到了最高潮。

那一天，不算地面炮火，光是远东空军的战斗轰炸机群就在这块高地上投下了1.3万磅炸弹和14箱凝固汽油弹。

这个火力支援的档次，仅次于上甘岭作战的头一天。

在"联合国军"炮火准备期间，在与"T字山"相似的地形上，美步兵第七师第三十二团一个加强营的攻击部队进行了多达9次的反复演练，直到每个人都了如指掌地熟悉了自己的任务。

为确保胜利，在临行前，这个加强营还得到两个喷火器分队的配属。

这种准备不可谓不充分。

1953 年 1 月 12 日凌晨 3 时，范佛里特首先发起了一次试探性进攻。

与上甘岭一样，免不了是炮火先把那个巴掌大的山头给犁一遍，然后炮火一延伸，在 4 辆坦克掩护下，近 200 名步兵就吵吵嚷嚷地往山头上冲。

这是美步兵第七师第三十一团的一个加强连。

美步兵第七师两个月前在上甘岭碰了个头破血流，兵员损失甚为严重，撤出后经过整补，刚刚恢复了些元气。

这次换了方位再打，那劲头虽然已大不如在"三角形山"的时候，但在炮火、飞机掩护下，还是闹哄哄地开始了打进攻战，还是显得挺有气势的。

美军认为这个高地的志愿军是新上来的，不经打。果然，步兵们眼瞅着离山顶只有几步之遥了，可还没一点动静。美国兵们很得意，认为上边的志愿军已经被打光了。

其实，在美国兵打炮那会儿，志愿军这个排正在坑道里抽烟聊天呢！

炮火刚一延伸，外边的观察员瞅瞅差不多了，就喊了一嗓子："敌人上来了！"

大伙儿把烟头一扔，操起家伙就冲出洞去。

噼里啪啦，一阵冰雹式的手榴弹、手雷、爆破筒飞了出去，劈头盖脸地砸在美军的头上。

霎时间，清脆的爆炸声此起彼伏地响了起来。再过了片刻，那盯着找人的机枪、冲锋枪声就响成了一片。美军扔下一片尸体，连滚带爬地下了山。

在一个上午，美军前前后后折腾了 4 次这样的冲击。最后守在那高地上的还是志愿军们，他们只有一人牺牲，6 人负伤。

一个加强连的美国兵，躺下的有 50 多个。这买卖，真划算！志愿军这个排是越打越高兴！

25 日，"实验"正式开始。"实验"完全是按"节目单"上的顺序发展的。

8 时至 12 时，远东空军出动 F－84"雷电"式战斗轰炸机 196 架次，每批 8 架，每架携 1000 磅炸弹，使着劲儿地反复蹂躏 205 高地。

与此同时，近 100 门火炮齐发，轰击近 4 小时，除 205 高地外，还向城山、芝山阵地进行牵制性炮击。

在炮火掩护下，美步兵第七师第三十一团一个加强营和 33 辆坦克在山下攻击出发阵地完成集结，炮火刚一延伸，坦克分队立即前出，马达轰鸣，炮火频闪。

这是为了分散守备部队的注意力。

按预定计划，F－84 战斗轰炸机编队又用炮火和凝固汽油弹把山头深耕细犁了一遍。

这时，信号弹飞了起来，美军步兵开始攻击。

冲在最前头的是小约翰·阿博加特斯少尉的 E 连第二排。

在这时，高地上的守军仍然是第二十三军一个排。还是第二〇一团第一连，只是换了一个排上阵。

头几天美军炮击的时候，他们白天都躲在坑道里休息，到了晚上才出来整修一下白天被炸坏了的表面工事。

连续四天，修了炸，炸了修，志愿军战士始终耐心地做好准备，一门心思候着对方步兵自己送上门来。

果然，不久之后，对方真的就送上门来了。

和 12 日那场战斗几乎一模一样，守备高地的第二〇一团第一连第一排，在对方炮火延伸后，以小组为单位视对方进攻规模从坑道中跃出，先劈头盖脸把手榴弹、手雷爆破筒等砸下去，把美军压下去，然后再拿起机枪一阵狂扫。

美军步兵第三十二团 E 连的景况很悲惨，第一批手榴弹就把小约翰·阿博加特斯少尉给炸成了重伤。一排被志愿军守备分队的支援炮火压制在山岩下，三排拖着一大批伤兵连滚带爬，好不容易才逃了回去。

美军二排费尽九牛二虎之力，总算冲上了山头，却被隐蔽在坑道里出来支援的志愿军一阵冲锋枪、爆破筒给清扫得只剩下几个残兵败将，费了老大劲才跑回自己的阵地。

结果，范佛里特精心策划了几天的那些绝招都失效了。

战至 15 时 30 分，美军 5 次集团冲击均被打退。

看着再打下去实在没戏了，团长劳埃德·摩西上校只好下令撤退。

折腾了大半天，"T 字山"还是牢牢控制在志愿军手里。

美国军事历史学家约翰·托兰这样描绘克拉克和范佛里特炮制的这次节目的演出效果：

这场大规模的表演在哭泣声中结束了。

在这次战斗中，美军共投掷了 2.24 万磅炸弹、8 箱凝固汽油弹，支援的大炮、坦克、重迫击炮和机枪、步枪，在一天之内发射各种炮弹 17 万余发。

志愿军依托坑道工事抗击美军，以伤亡 11 人的代价，歼灭美军 150 多人。

"鞭挞行动"本来可以无人知晓，但志在必胜的范佛里特却在战前邀请了一些美军军官与记者前来观战。

在战后，这些拿着三色计划单观看"表演"的记者们，就把范佛里特导演的这出戏活灵活现地给报道出去了。

这场战斗，对于"联合国军"方面来说是一场"大规模的表演"，但对于中国军队来说，却是一场不值得一提的排级单位的小打小闹。如果不是"联合国军"自己

把它预先包装得那么光艳夺目的话，这场战斗在中国史书里可能就名不见经传了。

即使这样，在《中国人民解放军陆军第二十三集团军军史》中，对这场战斗也只是轻描淡写了几笔，前后不过几百个字，书中提及的人名也就两个：

> 战斗小组长刘开发右眼负伤，血流满面，仍然顽强坚持战斗……
>
> 排长负伤后，三班副班长陈志同志挺身而出，不顾燃烧弹烧着了衣服，烧焦了耳朵，以顽强的毅力代替排长指挥……

这个排也只牺牲了 11 人，而不是托兰先生所说的"65 人"。这说明，依托坑道工事的中国志愿军，仗越打越精了。

对于范佛里特来说，这场失败的攻势加速了他退出军界的过程。

一场小小的战斗，因为记者们的鼓噪，却在美利坚合众国的议会，引起了轩然大波，议员们纷纷谴责范佛里特道：

> 这是正常的军事行动，还是供贵宾观赏的角斗士表演？
>
> 这种让美国青年白白送命的"实验"，价值

迫使敌人回到谈判桌前

何在?

总统是否准备以这种方式结束战争?

这样下去, 美国的死亡名单必定会更长……

艾森豪威尔再也不敢任由范佛里特胡来了。

《朝鲜战争中的美国陆军》对这场战斗的评价是:

这是一次代价高昂的教训, 再次证实了无论是从空中或是从地面上的火力都不足以将躲藏在挖得很好的战壕里的敌人消灭。这场有限战争的优势是在防守的一方。

2月10日, 也就是"T字山"战斗和总统就职典礼的半个月后, 美第八集团军司令官、陆军中将詹姆斯·范佛里特奉命离职回国, 他的职务由美陆军助理参谋长马克斯韦尔·泰勒中将接替。

红旗插上"老秃山"

铁原西北"T字山"上的志愿军，也向当面对方的三处阵地，发起了一次胜利的出击。

这次出击，共歼灭美军6个排、1个班和由南朝鲜士兵组成的劳役队一部，计260多人。

这次战斗是在春雨初停、积雪融化、道路泥泞的黑夜进行的。在攻击前，志愿军袭击队员们穿着夹裤，戴上刚从祖国运来的单军帽，站在斯大林同志遗像前庄严宣誓："坚决打击敌人，争取战斗的胜利！"

晚上8时，志愿军攻击部队出发了。战士们蹚过一道道水深及腰的沟渠，越过无数积满泥水的炮弹坑，沿着泥泞的山路前进。

在攻击部队发起冲锋以前，志愿军大炮向美军开火，对方阵地被我军大炮炮弹炸起无数根火柱，美军修筑的工事大部分被摧毁了，美军大炮也被我军突发的炮火压制住。

在这时，战场上出现了志愿军的坦克，它们发出钢铁般的轰响，履带掀起的烂泥四处飞溅。

步兵战士们兴奋地高声欢呼着："冲啊！我们的坦克来了！"

一个个如猛虎似的跟着坦克前进。坦克开到美军前

沿阵地后，就以准确的炮火，摧毁美军残存的一些火力点，步兵战士分成五路向山上冲锋。

我攻击部队的右翼首先攻占了石岘洞北山右侧的高地，另一路也以 10 余分钟的时间攻占了左侧的另一个高地。

向正面美军主阵地攻击的我军也迅速地逼近了山顶。

突击班班长罗生誉扫除了 3 道带刺铁丝网，用手榴弹炸毁了对方 5 个暗堡，他首先带领全班战士占领了山顶。

对方为夺回阵地，向我军发动了 3 次反扑，都被打退，残敌被我军压制在对方连指挥所周围。

我军战士一面继续攻击，一面用英语喊话：

缴枪不杀，宽待俘虏！

部分美军举手投降，拒不投降的都被消灭了。

仓皇赶来增援的 3 辆美军坦克和 5 辆汽车装载来的美军，都被我军炮火击退。

这次战斗一共持续了 55 分钟，我军歼灭美军第七师三十一团第十一连两个排及其连部，第四连一个排、第十连一个排，及美军一军团勤务队一个排和南朝鲜士兵组成的劳役队一部。

与此同时，我军另一支部队攻占了"T 字山"东南的霜树洞东山和"T 字山"正面的 190.8 高地，歼灭美军一个排又一个班。

在朝鲜的春天，融化了的雪和霏霏的春雨把道路弄得泥泞不堪。

但是，在这次战斗发起之前，我军炮兵在步兵的协助下，把数千斤重的大炮拉进了新的阵地。

为了配合反登陆作战的准备，志愿军第四十七军决定攻下"老秃山"。

"老秃山"是上浦防东山的一个无名高地。这座普通的小山头，由于志愿军一次又一次地在这里和美军进行了最激烈的争夺战，猛烈的炮火把山头打得光秃秃的，"老秃山"由此而得名。

在此时，志愿军方面由四十七军接收了"老秃山"当面的阵地，而美军方面也换成了步兵第七师。双方虽然略有交手，但是尚无大规模激战。

然而，志愿军四十七军已经开始对"老秃山"的进攻做好了全面准备。

这一次，志愿军方面准备投入进攻的是四十七军一四一师四二三团。这个团其前身是东北野战军十纵三十师九十团。

一四一师入朝参战，曾在 1951 年秋季参加过抗击美军秋季攻势的战斗，经受过残酷的防御作战的考验。

四二三团战斗力最强的是第一营，然而该营有 40%的新兵，团里有部分人员是机关勤杂人员补充的，战斗力受到一定影响，但是部队的战斗情绪非常高昂。

四二三团首长的作战计划是：

以一个营兵力（第一营）攻占"老秃山"，以部分兵力攻占附近的附属阵地，然后再用一个营（第二营）巩固既得阵地。

他们制订的具体的突击计划是：

一营三连配属一连二排，成两个梯队，第一梯队三个排向主峰突击，得手后向无名高地发展；

二连第一梯队展开两个排，向主峰北侧突击，协同三连占领主峰后，向东北山脊发展；

一连（欠二排）作为预备队；

九连一个排，师侦察连团侦察排各两个班，进攻德隐洞西北山脊之敌排支撑点，歼灭守军后撤出。

支援火炮包括炮兵第四十八团第二营以及一营二连共122毫米榴弹炮15门，炮兵第十团二营共72.2毫米野炮8门，一四一师炮兵营3门75毫米野炮和10门75毫米山炮，坦克六团一连T-34坦克3辆，五连122毫米自行火炮4门。

在四十七军投入进攻的同一天晚上，友邻部队志愿军第二十三军将同时向"猪排山"发起进攻。

四十七军的对手是美军步兵第七师。这个师是美军参加过朝鲜战争中运气比较背的一个师，他们在1950年冬天的新兴里为志愿军奉献了一次团级建制的歼灭战。

后来，美军第七师在1952年10月中旬对志愿军"三角形山"一线阵地发起猛烈的进攻，原本预计花3天时间付出几百人伤亡可以夺取阵地，结果死伤了2000多人也没有能够把志愿军十五军从阵地上赶走，只好把夺取阵地的战斗交给了南朝鲜部队，这次战役在志愿军方面称为上甘岭战役。

美军第七师在11月被转入预备队，花了6个星期时间进行休整和训练，在12月29日拨归第一军指挥，负责第一军东翼的防守。

1953年1月25日，美军第七师三十一团按照计划对志愿军防御的"T字山"发起攻击，却遭到志愿军二十三军一个排的英勇抗击，死伤150多人，却毫无战果。

战斗的失败，加上消耗的巨额弹药量，一时让美军第七师很没面子。

在此时，美军第七师前线兵力部署是这样的：

第三十一团负责左翼的主抵抗线和前哨阵地的防御，从左到右的布置分别是第二、第一和第三营；

迫使敌人回到谈判桌前

第十七团负责右翼的防御，第一、二、三营从西向东一字摆开；

第三十二团为团预备队。第七师此时的总兵力是 15514 人，低于编制数的 18257 人，不过第七师还附属了 2346 名南朝鲜士兵，1081 名哥伦比亚营的官兵，912 名埃塞俄比亚营的官兵，加上美军第 505 情报排，总共兵力是 19878 人。

美军在这个阵地上，构筑有大小 200 多个地堡，山腰上环绕着 7 道铁丝网。

美第八集团军军长泰勒，曾亲自到这个阵地上视察布防。美军把这个阵地夸耀为"不可攻克的阵地"、"汉城的大门"、"由铁原到涟川的锁链"。

美军派遣了精锐部队第七师据守在这里。美第七师师长大言不惭地吹嘘说："老秃山"是"最坚固的阵地"。

从 2 月起，志愿军就开始了战斗的准备工作。在 2 月 10 日，团首长组织一营和二营的各级指挥员进行了现场勘测。

26 日召开会议宣布战斗决心。3 月又组织了步、炮指挥员研究情况，并在沙盘上进行了研究。

3 月 16 日，战斗的前一个星期，团下达了最后作战的决心。

1953 年 3 月 22 日傍晚，志愿军部队出发了。这时，红旗手田顺华肩扛一面鲜艳的红旗，带领两个战士跨过来，向团首长行了个军礼，并严肃地说：

> 我们三个人是红旗手，和同志们一起在红旗上签了名，宣了誓，我们保证做到"人倒旗不倒"，我们完全有信心把它插上无名高地！

战士们唱起了自编的"红旗歌"：

> 光荣的红旗哗啦啦地飘，象征着胜利和骄傲。签满了名字宣下了誓，决心是"人倒旗不倒"。红旗英勇地向前进，大伙挺起胸膛直起腰。穿过枪林弹雨向前冲，我们要把红旗插上最高峰！

随着雄壮昂扬的歌声，突击队的战士们在营长郝忠云的带领下，向冲击目标地前进了。

突击队在冲击出发地的屯兵坑道里，等待着进攻的命令。坑道低矮而狭窄，洞里挤得满满的。洞口是刺骨的寒风，而洞内闷热得像在蒸笼一样。一天一夜的时间，在紧张焦急的心情中度过去了。

第二天19时30分，右面佯攻德隐洞西北山的部队打响了战斗。

接着，左面石岘洞北山也响起了枪声。

20时整，我炮兵向"老秃山"实施了猛烈的炮击，

"老秃山"上一片大火，火光烧红了半边天。

5分钟的炮火急袭还没结束，营长郝忠云就大声喊道：

冲击前进！

突击队员个个像猛虎一样跳起来，分成5路，向"老秃山"冲去。

炮火打得敌人躲在洞子里不敢露头。天空中布满了对方发射的照明弹，战士借着光亮飞快前进。

田顺华扛着红旗，超过了突击队。另外两名红旗手紧跟着他，红旗卷着硝烟，像一团跳动着的火焰，在烟雾中闪闪跃进。

冲在最前面的是三排，我军强大的炮火已为冲击扫清了前进的道路，摧毁了5道铁丝网，爆破班也炸开了第六道铁丝网，就只剩下最后一道了。

对方在遭受一阵炮火急袭以后，这时才明白过来，他们躲在残破的地堡里，集中火力封锁着第七道铁丝网，向前进部队疯狂射击。

"赶快爆破，我掩护你！"前面传来副班长膝明远的喊声，他说着便用冲锋枪扫射起来。

战士李高标跑上去，把爆破筒插进铁丝网，"轰"的一声，但是没有炸开。

由于铁丝网太高太宽，只崩开了一个不大的缺口。

情况十分紧急，突击队被阻止在铁丝网前面，伤亡不断增加。

那面庄严神圣的红旗也停止了前进。

敌人的火力却越来越疯狂，第七道铁丝网前面成了一片火海。

看着眼前的铁丝网，跳，跳不过；炸，炸不断。突击队前进受阻，爆破班的同志们心急如焚。

就在这最紧要的关头，副班长激动地高呼道：

> 同志们！铁丝网没炸开，我们不能让突击队老是停在这里。

说着，他就冲上前去，趴在铁丝网上，向突击队的同志们一抬手说："来！从我身上踩过去！"

接着，张福祥、丁兆贵、李高标、吴二华也一起把身子压在铁丝网上了。爆破班的同志们用身体并排搭成了一座"人桥"。

可是，突击队的战士们却停下来了，他们不忍心从战友们背上踩过。

爆破班的战士们一齐喊：

> 为了胜利，快过去吧！

炮弹在四周爆炸，多停一秒钟，都会增加伤亡。突击队的战士们不再犹豫了，一个个轻手轻脚地从爆破班战士的背上踩着跳了过去。

突击队的战士们踏过"人桥"，爆破班除了张福祥外，其他4位英雄都光荣牺牲了，英雄们的鲜血染红了铁丝网。

用身体在铁丝网上搭人桥的壮举，在美军也有过。那是美军反攻"猪排山"的战斗。和志愿军不同的是，美军那位英雄把身体投到铁丝网上后，一段时间没有美军敢上来从他身上跑过去，因为他们担心冲过去后会遭到志愿军的射击。

红旗穿破烟雾前进，战士们跟着红旗扑向主峰。在接近主峰时，红旗手田顺华中弹倒下了。

谭尊秋一步跨上去，接过红旗继续冲击前进。但他刚跑了十几步，又倒下了。

张庭孝又举起红旗，又往上冲。

对方在进行疯狂的阻拦，机枪吐着长长的火舌，手榴弹"哧哧"地冒着烟飞出来。

志愿军前面的战士倒下了，后面的勇士接着冲上去，高喊着：

为爆破班的同志们报仇！

在红旗的后面响起一片怒吼声：

同志们，为了红旗，冲啊！

扛着红旗的突击手，在枪林弹雨中向山顶冲去。后面的勇士们，突进了地堡。

就在这时，张庭孝胸口中了枪弹，身子摇晃了一下，但他按住伤口，忍着剧疼，挺起胸膛，几步跨上了主峰，把红旗插在山顶上。

张庭孝流尽了最后一滴血，他靠着一块石头，双手还紧握着旗杆，留下个猛往下插的姿势，嘴角上留着一丝胜利的微笑。

那弹痕斑斑的红旗，在硝烟缭绕的"老秃山"顶上高高地飘扬起来了。

后续部队陆续冲上来，又分头向两侧的 15 号和 16 号阵地冲去，肃清了残余的美军。

向 15 号阵地冲击的部队，刚冲到接合部，一个坑道里出来两个班的美军，顺着交通沟向战士们反扑。

志愿军战士刘铁真跳上交通沟沿，端着冲锋枪向美军猛冲，一下顶到了美军的面前。

在沟里，一个美军士兵正要向他开枪，刘铁真一扣扳机，没有声音，没子弹了。刘铁真连忙扔下枪，纵身猛扑过去，一把抓住了敌人的衣领，和敌人在沟里扭打成了一团，几个翻身就把敌人压在底下了。

这个美军士兵正要拼命挣扎，旁边负了重伤的房永富连忙从地上滚起来，端起冲锋枪对准敌人的前胸。这个美军士兵一看情况不对，就举起双手当了俘虏。

后面的十几个美军士兵，吓得撒腿就跑，刚跑到坑道口，刘铁真扔了一颗手雷，4个美军士兵倒下了，其余的美军逃进了坑道。

刘铁真趁着爆炸的黑烟冲到了洞口。

敌人的机枪向洞外猛扫，刘铁真立即向洞里投了一颗手榴弹，但机枪仍然吵闹着。

这时，施连元赶上来了，他看了看眼前的情况，说道："你后退几步，看我用火箭炮揍他。"

几发炮弹射向洞内，对方的机枪哑巴了。

刘铁真跳起来冲进坑道，往里投了一个手榴弹，端着冲锋枪边打边往里冲。

对方想从右边洞口逃命，从那边洞口传来一阵冲锋枪声和喊声，等刘铁真赶到的时候，看见彭得贵、王仁祖、包子根3个战士正押着5个俘虏。

紧接着，他们又继续向15号阵地前进。

在15号阵地和16号阵地连接地带，是对方的一个排指挥所，一连5个地堡，连成了地堡群。中间有一条棚盖式的交通壕，约20米长，全部掩盖起来了。有3个主要地堡就修在这条交通壕顶上，组成了一道火网。

刘铁真他们第一次冲上去4个人，有3个人负了伤，没有成功。

刘铁真和王仁祖从左侧匍匐上去，一个向右边地堡，一个向左边地堡，两个人的手雷同时投进里面。

可是，敌人的机枪仅仅停了片刻又响了，并且还向他们投来两颗手榴弹，他们一翻身从地堡上滚了下来。

又组织第三次冲锋，刘铁真爬到离地堡枪眼10多米处，向枪眼里投了一颗手榴弹，同时迅速地接近了枪眼，把爆破筒投进去，拉下拉火圈，就滚了下来。

只听到一声巨响，地堡里冒出了黑烟。可是，不到一分钟，子弹又嗖嗖地从洞口打出来，这次爆破又没成功。

两侧的地堡已经消灭了，只有中间这3个地堡，仍然封锁着他们。情况十分紧急，副教导员传来了命令，要他们赶快消灭这个火力点，向15号阵地冲。

他们的弹药也快打完了，只有搜索美军尸体上的弹药和伤员的武器。

眼看部队的前进受阻，而他们三次上去都没成功，手雷、手榴弹、爆破筒，都使用了，而唯一的办法就是从洞口冲进去。

可是，洞口封锁得十分严密，手榴弹不断地从洞口投出来，机枪嗒嗒嗒地一直在响。

刘铁真对班长说："我拿着爆破筒从洞口爬进去，把这连成一路的地堡全部消灭。我进去以后，如果听见我喊，你就叫覃遵孝也进去；如果没有声音，你们就另想办法，再不要从这里进来。"

说着，刘铁真便重新接近地堡，向洞口投了两颗手榴弹。他背起冲锋枪，拿着爆破筒就爬了进去。

覃遵孝开始端着枪靠在洞口右侧向里猛打。刘铁真冒着对方的枪弹，爬到了转弯的地方，覃遵孝跟在后面用电筒往里照。

不远处，有几个美军士兵正架着一挺机枪向外扫射。

刘铁真拉开拉火圈，把爆破筒狠狠地向里扔去。

只听"轰"的一声巨响，炸起来的泥土，把刘铁真右面的半边身子埋住了，他一阵眩晕，昏了过去。

对方的机枪终于哑巴了，战士们爬进去用电筒一照，里面的美军士兵全被炸死了，机枪也给炸弯了。

战士们又用电筒往上照，才看清这打了三次的顽固地堡原来是双层的，中间用铁板、铁轨隔了起来，他们扔进的爆破筒和手榴弹都在上面一层爆炸了，而炸不到下面一层。

后续部队勇猛地向15号阵地和16号阵地冲去。不一会儿，两个高地上的志愿军战士爆发出一阵欢呼声：

16号攻下了！

15号攻下了！

我们胜利了！

几分钟后，主峰上就升起了我军步兵占领山头的红色信号弹。

在这样猛烈炮火的轰击下，美军守军一个加强连在45分钟内就被歼灭了。

4辆坦克里的"联合国军"士兵也吓得浑身发抖地

爬到坦克底下，不敢动弹。

在后来，一个哥伦比亚军俘虏描述他们当时的情形说：

> 我第一次遇到这样激烈的炮火，人们都伏在洞子里发抖，互相用微弱的声音说："不要说话！"

志愿军攻占"老秃山"后，在配合步兵打退对方向"老秃山"的反扑战斗中，炮兵也给予了对方很大的打击。

一位志愿军步兵战士谢根来说："我们的炮真准，敌人没有到我们跟前，就被炮火打掉了一大半。敌人后来听到他们自己的炮响也吓得往土堆里钻。"

24日8时，一个营的"联合国军"刚到"老秃山"下，我军一排接一排的炮弹就落在他们之中，打得他们四处逃窜，连指挥官拼命摇旗子也制止不住。

26日11时，一个营的"联合国军"趁着炮轰的烟雾由石岘洞偷偷接近到"老秃山"主峰东北山脚。

在这时，志愿军指挥员早已命令各种炮火做好准备，等对方进到标定位置时，迫击炮先把对方拦住，然后各种炮火来了一阵"齐放"，千百发炮弹像暴雨似的落下去，在两分钟内就把慌乱成一团的"联合国军"消灭了。

争夺梅岘里东山和马踏里西山

志愿军在"老秃山"痛击美军第七师后，又在高浪浦里西北梅岘里东山和马踏里西山（美方称为"织女星山"）以及梅岘里东山西南方向的一处高地展开争夺战。

对于美军而言，这个目标群的意义除了可以控制志愿军的后方运输线外，更重要的是，这几个高地控制着朝鲜历史上由北进攻位于南面 48 公里外的汉城的战略要道。

这也是美军在 1952 年把陆战一师从东线调到这一地段的原因之一。

一旦这几个高地落入志愿军手里，志愿军就可以进一步地对主峰进行更近距离的攻击，甚至突破主峰。

因此，美军陆战一师不遗余力地加强了这三个高地的守备力量。

守备这几个高地的重任就落在了波莱特中校指挥的第五陆战团第一营的身上，其中梅岘里东山和另一高地由一营 C 连驻守，而织女星山的守备任务由三营的 H 连担任，但是其指挥权归一营营部。

在梅岘里东山高地上，美军挖了两条主战壕，第一条垂直于岭脊线，延伸到山岭的正斜面，而第二条战壕在山岭的反斜面方向。

在两条战壕交会处，是供守卫阵地美军生活的坑道，坑道里同时也储备弹药。

梅岘里东山阵地上的美军守军一般在40人到43人之间，每8到10天一轮换。

他们拥有4个机枪火力点，以防卫阵地的4个方向。阵地上装备的武器包括18支M1步枪，6支勃朗宁自动步枪，5挺A4轻机枪，2具火焰喷射器，1支卡宾枪和7把手枪。

马踏里西山高地是三个高地里最高的一个，离主峰有1310米。

阵地由一条长250米的战壕环绕而成，战壕上设置了13个射击孔。阵地中间有一条交通沟。阵地后方有一条壕沟通往主峰，在与环形战壕交结处的附近，有一个很浅的坑道。

阵地由大约40名美军士兵驻守，他们拥有2具火焰喷射器，1支火箭筒，4挺机枪，3把手枪和其他轻武器。

在这几个前哨阵地后面，是驻扎在主峰上的陆战五团一营，辖A，B，C三个连队，其东侧则是陆战五团三营的阵地，二营作为团预备队。

再往后方，还有陆战十一团的炮兵部队，这个团的一营是轻炮兵营，负责支援陆战五团。第二营作为支援第一营火力的预备队。第四营属中型炮兵营，和第一火箭炮兵连，则可以支援全师的防御地段。

除陆战一师的队属炮兵外，陆战一师所在的第一军

还配置了军属炮兵单位，第六二三野战炮兵营可以用 155 毫米榴炮支援陆战五团。而第十七野战炮兵营的 C 连，二〇四野战炮兵营的 B 连和一五八野战炮兵营都拥有令人生畏的 8 英寸重炮。如果前方危急，随时可以支援 MLR 的各个地段。

陆战五团还配属了师第一坦克营的 A 连，拥有 M46 坦克和喷火坦克，并且可以得到预备队 B 连的支援。另外，陆战一师前线阵地还可以得到陆战队航空兵和空军的空中支援。

陆战一师拥有如此强大的火力支援，就是希望在志愿军进攻时，把前线打成一片火海，彻底把这些相对孤立的前哨阵地变成志愿军的搅肉机。

所以，前哨阵地上的美军士气是相当不错的。

如此坚固设防的目标群，看上去对于志愿军来说，似乎是一道不可逾越的障碍。

然而，志愿军一二〇师师长郑志士却对虎口拔牙是胸有成竹的。

郑志士师长的信心来自两个方面：一方面，志愿军的炮兵跟朝鲜战争刚刚开始时相比，已经是不可同日而语，其规模、技术和步炮协同都有了长足进步；另一方面，他的属下都身经百战，具有丰富的和美军作战的经验。

为了能够给攻击部队提供充足的火力支援，郑志士集中了军炮兵四十二团的 105 毫米榴炮 19 门，38 毫米野炮 17 门，还有师炮兵团的山炮 6 门，76.2 毫米野炮 8 门，迫击炮 18 门，还有炮兵四十四团一个榴炮连的 105 毫米榴炮 4 门，还有步兵四〇八团一个化学迫击炮连的 5 门迫击炮。这样的炮兵实力可谓兵强马壮。

在两年前，四十军参加过的砥平里战斗，用于支援对数千"联合国军"进攻的炮兵只有十几门火炮，而如今为了支援对两个小山头上不到 100 名美军士兵的进攻，志愿军就可以调集这么多火炮，真是今非昔比。

负责主攻马踏里西山和梅岘里东山的重任，则落在了李冠志团长和李友棠政委指挥的一二〇师三五八团身上。

三五八团有着光荣的战斗历史。在辽沈战役中，三五八团的前身，东野三纵九师二十五团在攻打义县的战斗中表现出色，在辽西堵截廖耀湘兵团时横斩了国民党新三军，在海南岛战役中参加了第一梯队的登陆作战。

在朝鲜战争中，三五八团曾经在温井痛打过南朝鲜第六师；二次战役时，在球场阻击了南逃的美军第二师；四次战役时，在横城反击战时于圣智峰痛击过南朝鲜第八师；五次战役时，穿插马踏里割裂了"联合国军"防线。

因此，把攻坚任务交给三五八团，可谓是把好钢用到了刀刃上。

三五八团首长制订作战计划，把攻击目标定为马踏里西山和梅岘里东山，以及这两个高地侧后的 0233 和

056 阵地。

后面这两个阵地是美军对马踏里西山和梅岘里东山阵地的支援阵地，白天无人值守，以火力进行控制，而晚上以少量兵力驻守。

三五八团的计划是，以三营和一营一、三连负责进攻，二营与一营二连坚守阵地。

具体计划是：

> 以一连二排和三排组成两个突击队进攻梅岘里东山，一排为预备队；以八连一排和三排组成两个突击队进攻马踏里西山，二排为预备队；其他三、七、九连为战斗预备队；配属炮兵组成炮兵群，分为4个分群，支援步兵作战。

为了打好这一仗，师、团都组织人员对敌情进行了侦察，对地形进行了勘测，制作了地形沙盘，制订了步炮协同计划和通信联络方案。

炮兵组成了 5 个侦察小组，对对方阵地进行了侦察标定，反复组织检查火炮状况，设置了观测站和烟雾施放人员。

各参战分队进行了 15 天的演练，突击队反复进行了沙盘作业，在相似地形上进行实战演习达 10 到 30 次，还在攻击目标前构筑了两条屯兵坑道，甚至挖了一条隐蔽的交通壕，一直通往对方侧后。

突击队尤其对歼灭坑道内的美军的战斗作了计划和演练，这些计划的战术动作，早已经决定了阵地上美军士兵的命运了。

然而，美军陆战一师也并非瞎子。志愿军前线的炮火和攻击行动的明显减少，引起了陆战队情报部门的关注，于是美军开始谨慎地准备志愿军可能的攻势。

可是，美军情报部门并没有能够成功预测志愿军发动攻势的准确时间，在战斗打响后的一段时间里，甚至没有能够确定志愿军的主攻方向。

时间终于来到了。3 月 26 日零时，志愿军参战部队在集结地进行了庄严的出征仪式。

志愿军官兵宣读了誓词：

> 坚决服从命令，听从指挥，上级指到哪里，坚决打到哪里，克服各种困难，绝不畏缩动摇，一人一枪战斗到底！发扬阶级硬骨头作风，重伤不叫苦，轻伤坚持战斗，团结友爱，互相支援，创造新的光荣，为国争光，为毛主席争光。

郑志士师长、李冠志团长和李友棠政委为出征官兵敬酒，预祝他们战斗胜利。

两支突击队乘着夜色向屯兵坑道开进。炮兵群负责的抵近射击分队也秘密进入发射阵地。

26 日的白天来到了，这是一个晴朗的日子，天气异

乎寻常的温暖，前线一片平静。

入夜后，前沿忽然出现了志愿军的身影，但是志愿军的活动只是和平时一般情况相当，所以并没有引起见惯不惊的美军士兵的注意。

殊不知，杀机就在这平静中酝酿，一场大战即将爆发。

1953年3月26日18时，志愿军火力准备开始。

志愿军炮兵群以山炮、野炮共8门对马踏里西山和梅岘里东山美军阵地发射了270发炮弹，摧毁了美军地堡24个，以4门82迫击炮对美军阵地前的铁丝网进行了摧毁性射击。

同时，志愿军以4门榴弹炮、3门重迫击炮对美军炮兵阵地进行压制，一共发射炮弹840发，压制了12个美军炮兵阵地，致使美军只有几个零散的炮兵阵地进行了还击。

同时，志愿军还对对方其他阵地进行了猛烈的炮击，让美军摸不清志愿军的主攻方向。

美军方面遭到志愿军猛烈而广泛的炮火袭击，前线阵地纷纷告急。

美军陆战五团二营D连的人员报告，在其守卫的高地上，在最初的20分钟内，中国人的60毫米和82毫米迫击炮弹以每秒一发的速度落了下来，在后面的时间里，则每40秒落下一发，直到21时。

陆战五团防区内的两个阵地，也都遭到志愿军迫击炮和轻武器的攻击。

在第一陆战团的地段里，志愿军的火力还提前了几分钟，而且有班排级的志愿军进行有限攻击。

18时10分，志愿军以19门榴弹炮和4门重迫击炮，以排山倒海之势，对马踏里西山和梅岘里东山侧后的0233和056高地进行延伸射击，共发射炮弹1550发。

这是一二〇师入朝参战以来最为猛烈和最为集中的一次炮火急袭，志愿军前线步兵是一片欢呼。

参加增援梅岘里东山高地的美军军士杰纳森后来回忆说：

> 通往梅岘里东山高地的小路被中国人完美无缺地炸平了，足见志愿军炮火的猛烈。

18时19分，志愿军前沿一连和八连的突击队一跃而起，分别对梅岘里东山和马踏里西山发起了攻击。

美军战史则把志愿军发起攻击的时间标定在了18时10分，其记载称志愿军四十六军一二〇师三五八团的3500人从阵地蜂拥而下，汇集到陆战五团的防区，发起了团级攻击。

很显然，美军的战史对志愿军突击部队的数量的估计是严重离谱，夸大了整整几十倍。这一方面是因为美军方面在夜晚很难数清志愿军攻击部队的真实数量，另一方面也反映了志愿军进攻的雷霆万钧之势。

迫使敌人回到谈判桌前

眼见志愿军开始了主方向的攻击，美军的炮兵作出了迅速的反应，3个轻炮兵营覆盖了志愿军的集结和攻击路线，用空爆弹幕保护着前哨阵地。用中型炮兵营支援防务炮火，对志愿军的炮兵阵地进行压制，而8英寸重炮则对志愿军的压制炮火进行反压制。

与此对应的是，志愿军战史记载，18时22分，美军纵深炮火向志愿军发射大量空爆榴弹，并对志愿军步兵进行拦阻射击，成排的空爆榴弹把梅岘里东山和马踏里西山打成了两个火球。

志愿军八连突击队在八连连长高庆祥带领下，兵分三路，仅用10分钟时间，就占领了马踏里西山的表面阵地，并无一伤亡。

八班战斗组长蒋运洪和卢长友配合，炸毁了对方两个地堡。

而守卫马踏里西山高地的美军士兵，在大约18时40分，向后方报告阵地失守，他们已经躲入坑道，并要求空爆弹幕增援。

随后，织女星高地和后方的通信完全中断。

志愿军八连在攻克马踏里西山表面阵地后继续向敌纵深发展，但是遭到对方纵深炮火的猛烈轰击，连长高庆祥牺牲。

三排长马庆和接替了指挥，带领剩余人员继续扩大战果。

七班战士于运德用7.5公斤重的炸药包炸掉一个大

母堡；炮五班战士姜平浩干脆把对方的机枪从射孔里拔了出来，俘虏了地堡里的美军士兵。

在另一个方向上，志愿军一连突击队仅用了五六分钟时间，就攻上梅岘里东山阵地。

四班冲到半山腰时遭到美军机枪火力的阻拦，四班长和另外5名战士负伤，四班爆破手赵树才先用炸药包炸毁一个地堡，然后又用爆破筒摧毁另一地堡，最后还用手榴弹引燃了一个地堡里的汽油，摧毁了这个火力点，保证了一连突击队占领梅岘里东山的表面阵地。

18时35分左右，梅岘里东山高地上的美军通知后方，他们丢失了表面阵地，志愿军已经攻入战壕，现在陆战队员们被迫躲入中心坑道，并呼唤友军的空爆弹幕。

梅岘里东山上的空爆弹幕给志愿军一连带来了很大麻烦，一连二排遭受了较大的伤亡，而且突击队和后方失去了无线电联系。

这使李冠志团长心急如焚，他让预备队连续组织了三次班级的增援，其中三连四班在一营教导员顾红颜的率领下，避开敌人正面火力，由高地西侧向主峰侧后迂回得手，与一连的官兵们形成对敌向心攻击。

战至19时，志愿军已经完全占领了梅岘里东山和马踏里西山的表面阵地。

美军方面把阵地的失守归咎于所谓志愿军20比1的绝对兵力优势。很显然，美军方面又再次严重高估了志愿军突击部队的人数，因为志愿军主攻方向的部队不超过两个连队，兵力优势不过是 2 比 1 到 4 比 1 而已。

对于志愿军来说，占领了两座山头的表面阵地，只是获得初步的胜利，他们脚下的坑道里面还有数十名美军在殊死坚守。

志愿军如果不能迅速剿灭坑道中的美军，在表面阵地上停留时间过长，势必遭到美军优势炮火的杀伤，而且增援的美军也会迅速赶到，和坑道内的美军来个里应外合。

所以，对坑道的攻击，就是和时间赛跑，多耽搁一秒钟都可能导致志愿军更多的伤亡。

志愿军在梅岘里东山上的情况并不乐观，在占领表面阵地后，一连二排已经遭受了很大的伤亡，二排排长金玉贵头部负重伤，被抢救出战场。

负责战场抢救工作的一连炮排排长李仁智主动担任了指挥工作，他和连抢救员王中员各带了 5 颗手榴弹，把守住美军坑道入口，然后向坑道内开始攻击。

他们先往坑道里投入一颗手榴弹，乘烟雾冲入坑道，然后沿着坑道右壁交替用手榴弹和冲锋枪开路前进。

在突入坑道 30 米后，坑道出现分岔，他们两个人无法分别单独前进，而且坑道内手榴弹造成的硝烟太浓，所以被迫撤出坑道。

在坑道口，一名负伤的美军陆战队员向李仁智投掷手榴弹，将他炸伤。

这时，志愿军方面只剩下王中员一人还可以继续战斗，而坑道内尚有数十名美军士兵！

在这千钧一发的时候，由顾红颜教导员带领的从侧翼迂回上来的三连四班到达了坑道口，投入了攻击坑道的作战。

但是三连四班在运动过程中，也遭受了较大的伤亡，顾红颜身负重伤，还有战斗力的人员也只剩战斗组长王照兴和其他3名战士了。

负伤的李仁智排长用这5名战士又组织了一次攻击。他们组成了一个3个人的战斗小组，一个人用冲锋枪连续射击，一个人用手电筒照明，一个人进至拐弯处先投入手榴弹，然后迅速占领拐弯处。

经过15分钟激战，坑道内的56名美军官兵被全部歼灭，6名装死的陆战队员也被俘虏了。

整个坑道攻击过程仅耗时30分钟。战至20时30分，梅岘里东山全部落入志愿军手中。

美军在马踏里西山的失败，使得刚刚在"老秃山"受挫的美国第八集团军军长泰勒心慌意乱，他急急忙忙在27日乘直升机到前线视察。

据美国第八集团军宣布说：

> 他所乘的直升机曾在视察中"失事"，"与泰勒同行的两个军官受轻伤"，他本人侥幸"没有受伤"。

狼狈不堪的泰勒，不顾一切，命令美军进行疯狂的反

扑。他把坦克、俯冲轰炸机、大炮、迫击炮全都用上了。可是，锐不可当的志愿军一再给对方以歼灭性的打击。

志愿军的强大炮兵紧密地配合着英勇的步兵作战，把对方打得落花流水。

一个在我军反击马踏里西山时就参加战斗的美军中尉哈洛德·约翰逊后来谈到志愿军火力猛烈的情形说：

他们发射这样多的炮火，以致人们都不能在地面上待着。从那时以来差不多一直是这样。

在志愿军的打击下，美军的反扑一再失败。

合众社、美联社描写美军反扑一次次受挫的情形说：

海军陆战队在 27 日中午的反攻中，冒着中国军队的猛烈炮火，刻苦前进，企图夺回通向汉城的历史性的要道上两个失去的前哨据点。但是他们没有成功。

共军的猛烈炮轰把海军陆战队进攻的两个营中的一个营轰得粉碎，并且阻止了特遣部队，使他们不能到达织女星山的山头。

合众社、美联社还报道说：

28 日上午，海军陆战队第七团的部队沿着织女星山的南面山坡进行了 4 次进攻，都没有攻动中国军队的阵地。中国军队发出了机枪和迫击炮的猛烈火力，一筐子一筐子的手榴弹扔下来，袭击进攻的陆战队。

合众社的消息说明，志愿军采取了机动灵活的战术来消灭更多的美军。

合众社、美联社还描写说：在 28 日的战斗中，志愿军曾让美军冲上山头，而在当晚，就用大炮和迫击炮轰击这个被包围的山，炮弹一个接一个像雨点一样落到暴露的海军陆战队的阵地上。

一个美国军官说：山顶上已无藏身之地。美军慌忙逃窜，可是，"当他们从山顶上沿着南坡撤退时，中国军队包围了海军陆战队"，形成了"钢铁的包围圈"。

海军陆战队的指挥官刚向上级报告"我们正以猛烈火力射击"后 5 分钟，他又报告说："我的弟兄们被攻击了。天啊，他们又攻上来了。"

过了几分钟以后，这位海军陆战队指挥官也阵亡了。

无数美国士兵就在泰勒所命令的疯狂反扑中送了性命。

合众社承认：

海军陆战队的伤亡是很严重的。

美军上尉普赖斯为合众社写的一篇通讯，描述遭受志愿军痛击的美军战线后方的情形说：

这个地方铺满了弹壳和迫击炮的碎片，许多破碎了的装备和伤亡的士兵杂乱地躺在地上。穿过这条壕沟往前走三百米，在稻田的那边，就是叫做织女星山的前哨据点。

自从26日下午7时以来，海军陆战队第一师就把成千成百的人和千万发大炮和迫击炮炮弹投向织女星山，想把它从中国军队的手里再夺回来。海军陆战队已把它叫做"朝鲜最高的讨厌的滩头阵地"。

看到这些死伤的士兵令人很难受。有些躺在担架上的人的泥污脸上布满了泪珠和痛苦的表情，有些人因为流血过多已经失去知觉了。有一个站在那里哭，然后回过头去看看织女星山说："他们都死了。我所有的朋友都死了。"他躲在一个已经被炸毁的地堡内，用手遮住脸。

所有的人都感到很累了。他们已经将近60小时没有睡觉了。有5个人倚着检查站的地堡坐在那里　他们在进攻山头时，已经把膝盖处的裤子磨破了。他们是E连尖兵中生还的士兵。他们差不多累得讲不出话来了。

在那几天里，美国报纸上到处充斥着美军在"苦战"中，美军打得"筋疲力尽"、"疲倦不堪"，"海军陆战队伤亡很严重"等字眼。

迫使敌人回到谈判桌前

突袭大破石岘洞

石岘洞，是朝鲜三八线北部的一个小村庄。它的北山只是个小高地，面积不到一平方公里。

石岘洞北山，既不是什么名山大川，也不是什么险关隘口，按说是不值得你争我夺的。

但为了更多地消灭"联合国军"，积极配合停战谈判，不得不反击在石岘洞北山的美军第八集团军第七师。

反击者为志愿军第二十三军第六十七师。

二十三军是新入朝的部队，对对方的阵地工事情况不够了解。为了弄清情况，第二十三军决定对石岘洞西北发动突然袭击。

二十三军选择这个无名高地作为攻击目标，主要是出于三个方面的考虑：一是山小，对方守军比较少，容易夺取；二是无名高地上的美军和石岘洞北山的守军是一个建制的部队，抓住俘虏，可以获得石岘洞北山美军驻军的详细情况；三是打掉这股势力，就拔除了石岘洞北山的警戒阵地，为攻打石岘洞北山创造更有利的条件。

这次袭击，我军战士采取了声东击西的战术。

志愿军指挥部决定：

这次战斗，不对无名高地进行炮火攻击，

而以 47 门大炮集中轰炸石岘洞北山的美军主阵地，使对方主阵地误认为，志愿军的炮火是向他们发起进攻的火力准备。

一切布置妥当之后，1953 年 3 月 6 日 21 时 52 分，第六十七师第二〇一团第五连，利用黑夜向对方靠近。

当他们进到距离对方的铁丝网 10 多米的地方时，十班发现美军 20 余人正沿交通壕向铁丝网运动，双方相距仅 30 余米。三排长机智地投出一枚手雷，带领十班勇猛突入对方阵地。

一顿猛打，把美军打得晕头转向，转过头就跑。十班的战士咬住不放，并提前一步占领了对方的巢穴，使得美军无处藏身，乱成了一团。

无名高地战斗打响以后，志愿军炮兵对石岘洞北山发起突袭。果然正如事前所料的那样，不到一分钟，美军的炮火也开始盲目地还击，而把无名高地给忽略了。

第二排五班从东北方向向西南无名高地之间插进去，切断了对方的退路，之后，向对方侧后攻击。

六班在十班打响战斗的同时，也按照原定计划迅速插到无名高地与北山的交通要地上。当美军的一个班由无名高地向北山逃窜时，六班立即就将其消灭了。在此之前，十一班也投入了战斗。

战斗共持续了 13 分钟，志愿军共消灭了美军第七师的一个班和外出巡逻的一个排，抓获了 3 名俘虏。

在美军还没有清醒过来的时候，志愿军袭击分队已经把俘虏顺利地送回了团指挥部。

从俘虏口中摸清了对方守军的情况后，志愿军该部又向石岘洞北山发起了进攻，又歼灭了美军 1 个排又 1 个班。

3 月 23 日 20 时，第二〇一团第五连，从隐蔽地进至冲击地。在炮火的支援下，对石岘洞北山之敌，第二次发起反击。

激战一个多小时，全歼对方 3 个排又 2 个班，毙伤"联合国军"100 余名，俘美军 2 人、南朝鲜军 5 人。

之后，我军主动撤出战斗。3 月 28 日，新华社广播了这个胜利的消息。

反登陆作战准备胜利完成

经过长时间的准备，1953 年 4 月底，在中朝两国人民的大力支援下，各项反登陆准备工作全部完成。

志愿军完成了在朝鲜的地面军事部署，在东、西海岸设置了纵深达 10 公里的两道防御地带，还构筑了防空降和反坦克阵地，共挖掘坑道 8090 多条，总长 720 余公里，挖堑壕、交通壕总长 3100 多公里，构筑永备工事 605 个及大量的火器掩体。

在东、西海岸和正面绵亘 1130 公里的弧形防线上，形成了以坑道和钢筋水泥工事为骨干的支撑点式的防御体系。

改造和完善了后方交通运输网，建成龟城至价川段、价川至殷山段铁路，整修和加宽公路 560 公里。

囤积了大量物资，弹药总囤积量达 12.3 万余吨，粮食总囤积量达 24.8 万余吨，可供全军食用八个半月。

担任海岸防御的部队进行了战前训练和实兵演习，熟悉了作战预案，提高了战术技术水平。

此间，志愿军正面部队先后进行大小战斗 760 余次，共毙、伤、俘敌 5 万余人，有力地配合了停战谈判和反登陆作战准备。

由于中朝方面的积极准备，以及正面战场上美军的

迫使敌人回到谈判桌前

117

多次受挫，美国军方不得不放弃了陆海空联合作战的计划，闹得沸沸扬扬的登陆计划最终胎死腹中。

反登陆作战的准备，是中朝人民军队在抗美援朝战争中的一个重大战略行动，其时间之长、规模之大，超过了任何一次战役准备。

反登陆作战准备的胜利完成，使中朝人民军队大大增强了整体防御能力，在战场上完全立于主动地位，从而迫使"联合国军"放弃其登陆进攻的企图，转而同朝中方面恢复停战谈判，同时亦为中朝人民军队随后发起的夏季反击战役创造了十分有利的条件。

参考资料

《抗美援朝的故事》贺宜等著 启明书局

《抗美援朝战场日记》李刚著 解放军文艺出版社

《中国人民志愿军征战纪实》王树增著 解放军文艺
　　出版社

《王平回忆录》王平著 解放军出版社

《抗美援朝纪实：朝鲜战争备忘录》胡海波著 黄河
　　出版社

《血与火的较量：抗美援朝纪实》栾克超著 华艺出
　　版社

《烽火岁月：抗美援朝回忆录》吴俊泉主编 长征出
　　版社

《伟大的抗美援朝运动》中国人民抗美援朝总会宣传
　　部 人民出版社

《开国第一战：抗美援朝战争全景纪实》双石著 中
　　共党史出版社

《我们见证真相：抗美援朝战争亲历者如是说》杨凤
　　安，孟照辉，王天成主编 解放军出版社